城·界

陈天鸣 著

陕西新华出版

太白文艺出版社·西安

图书在版编目（CIP）数据

城·界 / 陈天鸣著. -- 西安 ： 太白文艺出版社，
2025. 1. -- ISBN 978-7-5513-2803-6

Ⅰ．I247.5

中国国家版本馆CIP数据核字第2024EL7773号

城·界
CHENG·JIE

作　　者	陈天鸣
责任编辑	何音旋
封面设计	郑江迪
版式设计	建明文化
出版发行	太白文艺出版社
经　　销	新华书店
印　　刷	三河市嵩川印刷有限公司
开　　本	880mm×1230mm　1/32
字　　数	150千字
印　　张	8.625
版　　次	2025年1月第1版
印　　次	2025年1月第1次印刷
书　　号	ISBN 978-7-5513-2803-6
定　　价	58.00元

序

　　现代城市有说不尽的"现成小事"，我一直希望能做个记录，通过一些小事展现普通人的生存状态。

　　我承认，写这部小说受了钱锺书的《围城》和张爱玲的《小团圆》影响。不是刻意模仿，而是间接激发，但愿不会给人"画虎不成反类犬"之感。

　　结局像王子与公主"从此过上幸福快乐的生活"的童话故事，距离我们现实生活太远。如何写得接地气，贴近普通人的经历，让读者觉得"像是写我"，是我所追求的。尽管常常做得不够好，我仍然尽力去呈现那些琐碎、细微、不易被人在意和反思的东西。

　　这部小说有真实的影子，当然大部分是虚构的"综合体"。我着重描写的几个角色，只撷取他们生命中的某个片段、某个时期进行呈现。最终命运的潮水会将他们带往何方，谁也无法预料——这就是人生的不确定性。

　　也许遗憾是难免的，我初衷只是想写一部俏皮点的、让人看了有点意思的小说而已。在断断续续的状态下，总算将这部《城·界》"锱铢积累"而成，送给支持我的朋友。

　　　　　　　　　　　　　　　　二〇二三年四月十七日

一

　　天空绷着脸，仿佛世人欠了它多少钱似的，阴沉、冷漠，没有一丝暖意。往日热情的阳光统统收敛住，被雪藏起来。羊蹄甲巴掌大的秋叶，黄澄澄、圆乎乎地挂在枝头，将落未落，在阳台的玻璃窗外面。高山榕的叶子早铺了一地，还有的在半空中东倒西歪地飘落，像喝醉酒一般。

　　午饭时分，世界还笼罩着一层乳白色的浓雾，此刻外面起风了。入秋已有一段时间，很明显察觉到今天比昨天要凉。胡斯辰最近没有灵感，思路闭塞像便秘，写不出东西。他懒得出门，窝在家里，看央视的纪录频道。

　　凉丝丝的秋日午后，斯辰蜷缩在沙发看关于古罗马的纪录片。屋外寂然，而昏暗的客厅仅剩男解说温厚磁性的声音。除了电视的光影，别处暗淡无光。

　　斯辰像一尊铜像，久了累了换个姿势，曲着腿，双手抱膝，凝神看着介绍斗兽场的画面。他的眼睛很黑，黑比白多，里面似藏着星辰大海，显得非常深邃。

手机响了，在不远处的圆餐桌上，将他沉浸的思绪从遥远的古罗马拉回来。

"丁零零，丁零零……"老套过时的铃声。很少人保留这种陈旧的铃声，他是习惯了，没有换成悦耳悠扬的类型，或者流行歌曲。铃声尖锐刺耳，在空旷的客厅显得格外响亮。

手机的抗议声直达雪白的天花板，持续回荡，催促主人赶紧过来接听。也不得不听，它能把任何沉静安逸的氛围中断得彻底。斯辰仿佛被什么东西突然扎了一下，立刻清醒过来。

那个女老板说她已经到小区门口。斯辰叫她直接进来，搭电梯上D2单元609。

斯辰离职已久，久到他怀疑自己不曾在那里待过。

是她执意要找上门，斯辰三番五次推却无效。

他电话里说不会写传记，也没打算尝试。

她不死心，非要他帮忙，酬劳可以商议，绝对丰厚。

她知道他不大见客。然而她对他的再三婉拒视若无睹，托他以前交情好的同事传话，一定要见上一面。

斯辰不太记得她的样子了，模模糊糊的一点儿印象中，她是个厉害角色。

当然，不强势也不可能让那么多员工对她俯首称臣、服服帖帖。

门开了，一个浓妆艳抹的中年女子立在他面前。蓬松的卷发，像顶着炸裂的大蘑菇。后面跟着她忠心耿耿的助理，还有那个从前跟斯辰要好的同事。

他们跟了她很多年，倒是够忠诚。多年不见，这些人变得陌生，仅存些微记忆印像。

斯辰印象中，那是一个"铁娘子"式的女人，雷厉风行。隔着两个办公室都能听到她训斥下属的声音。

现在她发福，见老了。但没错，是那个人。

她堆起笑脸，说："久违啦，斯辰，你好啊！"语气透着熟络的热情，像老朋友久别重逢，就差相拥而泣。

斯辰生怕对方真的来个拥抱，慌忙回应："噢！廖董！您好，您好……"然后不知道说什么，被她的艳光刺得两眼昏花，先定了定神。

因为早已认识，斯辰知道她向来掩不住她的霸气侧漏。此刻虽然换了态度，但感觉仍是一如从前。杀气腾腾的脸堆着浓浓的笑容，实在有点叫人不寒而栗。

　　一个人平时颐指气使惯了，装温婉贤淑是件难事。而且对一个老下属如此热情，的确为难她，神情举止都不自然。

　　有两秒时间缓一缓，足够斯辰定神了，他赶紧把客人请进来，客气道："你们好，很久没见了……"又不知道往下再说什么才适合。女老板从没如此礼貌地对他说过话，还带着大包小包。有酒，有茶叶，没有烟，斯辰不抽烟。

　　酒是电视广告上常见的，宴会专门用来招待贵宾的好酒。茶叶也大有来头，说是某领导人品尝过并盛赞的特产。

　　闻言，斯辰受宠若惊，不敢接手，连声说太贵重了，这么客气——心想，自己又不是什么要人。他一介书生，百无一用，何德何能？何以值得别人下如此重本？受之有愧。

　　女老板不容分说，朝两个手下飞快使了一个眼色。如同一声令下，他们便把礼物统统放到靠墙的小圆桌上。动作迅速，不让斯辰有丝毫拒绝的余地。

　　或许客厅光线太暗，或许看电视太久，或许骤然开灯的缘故，她的妆容使斯辰感到格外亮白刺眼。他直觉得有点眼晕，赶紧招呼他们坐下，烧水沏茶。

　　她比他年长几岁，是见老了。整容过，可能有后遗症。面部动了手术的地方有点塌陷，颧骨高高耸起。

　　这天她穿了一件鲜艳的暗紫色的旗袍，光滑紧致。上面缀着细碎的小白花，非常明亮夺目。斯辰心想，又不是出席晚宴，为什么要穿旗袍呢？而且天气转凉了。

假如她再年轻十几岁，容貌再美丽一点，名气再大一点，可能会像仙女驾临穷书生的寒舍，够得上蓬荜生辉。

然而他对她的美并不感到心驰神往，记忆的琐屑沉渣开始泛起。

没想到有缘再见，尽管现在比她有名气，他只是她过去的一个旧下属。他差不多忘记了生命中有这样一位过客。

斯辰在她公司待的时间不算长，没发生过什么特别不愉快的事，也没什么特别值得追忆想念的。

陈年旧事，尘封许久了，不会都像陈酒越久越醇、愈久弥香。旧事重提的话，至多像老人家回首往事惯用的开场白——"那都是咸丰年间的事了"。

有个作家曾经说过："不必把太多人请进生命里，若他们走进不了你的内心，就只会把你的生命搅扰得拥挤不堪。"

话说怎么糊里糊涂进了她的公司，斯辰已记不太清楚。年深月久，什么都模糊了，仿佛投在时光隧道的影子，昏暗、迷离，摇摇晃晃。要真打捞起一点影像来，会一拍大腿道："噢，可不是那样嘛！"

她的名字里有个"芸"字。而回忆这东西，云似的飘飘忽忽。世间的功名利禄如云缥缈，可追逐的人从来不计其数。

天上的云积蓄越来越多的水，屋外突然下起雨来。斯辰起身去关上阳台的窗。

隔着紧密的玻璃，雨大得像一条条牛筋绳垂下来。铺天盖地、密密麻麻，比水帘洞壮观。哗啦啦的雨声中，那些被打落到十八层记忆深处的画面慢慢浮上来，逐渐复活、清晰。

……

那年六月，阳光咄咄逼人，微风中传来夏日芬芳而温暖的气息。都说"男人的嘴，骗人的鬼"，天气预报比男人的嘴还不靠谱。嚷嚷着要降雨解暑，但雨一滴都没落。

斯辰毕业了，从海风阵阵的偏远校园，搬到紫荆树密集的中心城区。他和同学在一个没电梯的旧小区找了间三室一厅的房子，月租三千多块钱，三个人分摊下来，比在城中村租个单间更划算，也更安全。

周六搬家，他找来三个师弟帮忙。地铁人山人海，公交车拥挤不堪，四个人一路又拽又拎，手忙脚乱地赶公交车挤地铁，巴不得有三头六臂可以用。

春运的车站，农民工拖家带口回家过年的场面也不过如此。手脚并用拖着这么些家当，师弟们全程没有怨言，像乡下人赶集，有说有笑。

旧式职工大院，老房子有点破败。电线和网线东拉西扯地攀爬在墙皮已经剥落的石米墙上，纵横交错，很是凌乱。斯辰抱着那台用了四年的台式电脑，一级一级地打头阵向上挪步。

师弟们亦步亦趋地跟在后面。幸好只是五楼，不算高。然而楼道窄，梯级又陡，一层一层地负重而上，大家爬得满头大汗。

在四楼的楼梯转角处，迎面有人匆匆下来。斯辰抬头一看，是个年龄相仿的小伙子，穿着一件宽大的熊仔图案白T恤，搭配轻薄的海魂条纹休闲短裤。小伙子长得高大挺拔，行走如风，整个身影像一只大鸟往下压，与斯辰差点迎头撞上。

狭路相逢，那人脚步生风走得飞快。除了擦肩而过的刹那稍做停顿，马上又一阵风似的消失了。

夏至已过，天气渐热。几个人齐心协力将东西搬上楼，七手八脚一放，算完成任务。窗外夕阳残照，晚霞如血，黄灿灿的太阳悠悠地往下沉。

饯别宴早吃过，这回请他们帮忙，应该犒劳酬谢。斯辰提议吃去火锅，当然一呼三应。

大家推杯换盏，风卷残云。吃饱喝足出来已经不早，师弟们要赶着回大学城。斯辰与他们依依惜别，互道珍重，期待后会有期。

回家的路上，月朗星稀。夜空一轮硕大的满月皎洁白净，像一张饱满圆润的脸，慈悲地俯瞰人间。清亮亮的月光，像炯炯的目光，温柔如娇花照水。

斯辰回到住处已九点，推门就听到洗浴间有洗澡的潺潺水声。他猜想是志达的老乡，便自顾自收拾房间。正忙着，有人影蹑手蹑脚地来到门口，探头探脑地朝里看。

对方白浴巾裹着下半身，露出上半身结实的肌肉。短寸头，头发上的水擦得很干净，一根根竖起来。洗发水的清新气味，沐浴露浓郁的玫瑰香味混杂着扑鼻而来。忽闪忽闪的大眼睛，干净俊俏的一张脸，不就是下午在楼梯转角遇到的小伙子。

他主动"嗨"了一声，算打招呼。

斯辰迟疑了一秒才反应过来："你好，我叫胡斯辰，是志达的大学同学，才搬进来。"小伙子展颜笑道："我叫黄煦阳，跟志达是同乡，高中同学。"一开口，露出一排整齐洁白的牙齿。

　　他们此前从未见过，对接人一向是他们的同学黄志达。这天黄志达又刚好在外地出差未回。

　　等到斯辰洗完澡出来，煦阳已在客厅看足球赛直播。脸上敷着黑漆漆的面膜，露出两只又大又亮的眼睛。他穿着四角内裤，以"葛优躺"的姿势瘫在沙发上。

　　客厅乌灯黑火，电视屏幕的光影明暗交替，一闪一闪。躺在沙发的人眼睛也一闪一闪的，看起来有点诡异。斯辰吓了一跳。煦阳电视正看得入迷，视线没有移动。

　　斯辰也不朝他看，面无表情地穿过客厅，像一只不动声色的猫。他轻手轻脚地，径直走到阳台去晾浴巾。

　　洗衣机嗡嗡地运转着，洗着煦阳的衣服。斯辰把衣服放进洗衣机旁边的塑料桶，静候煦阳洗完了再洗。他对足球没兴趣，自个儿回房间，打开电脑打算看网剧。

　　外面音量太大，斯辰想让煦阳调小一点，但他说看球就得音量大些才有气氛。

　　斯辰无言以对，只好关上房门，尽量把声音挡在门外。

　　看了没几分钟，斯辰又开门出去，到楼下的小超市买东西。学校的生活用品丢弃的丢弃，送人的送人，舍不得舍弃而搬过来的所剩无几。

等他买完东西回来，洗衣机声息全无，但衣服还在里面。斯辰招呼煦阳将衣服晾了，好腾出洗衣机给他用。

煦阳懒懒散散地从沙发上起来，走过去三下五除二将衣服掏出来，揉成一团放进脸盆，然后继续回去看比赛。

如此没有眼力见打断别人的兴致，斯辰自觉不可饶恕。

临睡上厕所，斯辰骤眼看到阳台铺着一层白茫茫的柔光。乍看以为是月光，却原来是斜对面的窗户透出来的灯光。

高高晾着的衣服，在光线中晃来荡去，被深夜的风吹拂着，长短不一的影子飘飘摇摇。隐隐听到隔壁有初生婴儿啼哭的声音。"呜哇呜哇……"，细碎的哭声夜晚听来异常清晰，近似小猫的叫声。

煦阳姿势不变地躺着看球赛，夜深人静，音量终于调小了。比赛直播结束，他起身伸了伸懒腰，从玻璃窗望出去。外面的月亮已消失不见，天下起蒙蒙雨。远处的空地停满了车，一排排井然有序，像训练有素的军队集结。

银丝细雨在灯光的映照下，像纷纷扬扬的雪花，美得宛如童话幻境。漆黑中，地面潮湿，一汪汪的积水在路灯下像镜子反着光。

临近天亮，雨噼里啪啦地逐渐变大，敲打窗台雨篷的声音，在寂静的黎明格外响亮。

好久没有下雨，空气干燥。从天而降的雨仿若甘露，世界湿润起来。

阴雨接连下了几日，白天雨势较大，夜晚则细如牛毛，飘飘摇摇。

阳台原有一盆富贵竹，被养得面黄肌瘦，直接淘汰。新栽的仙人掌和芦荟是生命力顽强的植物，十天半个月不浇水仍若无其事。金鱼缸终日卧着两只乌龟，也是好养易活的生物。

黄志达出差几天，回来第一件事就是急急地给乌龟换水，将缸里腐烂的菜叶沉渣清理掉。盛夏高温炙烤，娇贵的玫瑰、水仙早蔫头耷脑，仙人掌和芦荟仍雄赳赳、气昂昂的，神气活现。

他原本养金鱼，不过死光了。黄志达怀疑金鱼跟他八字相冲，总寻死而不觅活地跳出鱼缸，在地板上跳啊跃啊，等发现时已"不省鱼事"。可他明明是巨蟹座，书上说与双鱼座同属于水象星座，乃天作之合，关系和谐、融洽。

经过几次金鱼自杀事件，他对这些美丽的水中生物完全绝望，转为养乌龟。都说千年王八万年龟，他不信养不活。果然，乌龟不吃不喝那么多天亦顽强地活着。

　　斯辰不一样，不去抢占阳台的地盘。他在房间养了两盆多肉，翡翠般晶莹剔透，肥胖圆润。

　　他不喜欢高大、有攻击性的植物，他那两盆宝贝翠绿欲滴又嫩又胖，非常可爱。即使闲着无聊因为手贱而掐一下，最多溅出一点腻滑的汁液，也不会伤人皮肉。

　　隔着浩渺时空，他对童年从树上掉下来的一幕仍记忆犹新，腿上留有被荆棘刺伤的疤，身上的隐痛和心里的惊悸过去那么久还隐隐尚在。

　　童年的心理阴影像树苗树皮上的伤痕，会随着树长高长大而慢慢扩展，一生无法修复。

　　房间有点凌乱，煦阳的护肤品、香水、发胶等摆满了半张桌子，衣柜堆山填谷地塞满衣服。人不在里面，灯熄了，空调仍开着。

　　每次洗完澡后，湿腻腻的浴巾煦阳顺手就搭在椅背上。懒，没有洗，也没拿出去晾晒。他的内衣、内裤、外套、牛仔裤、臭袜子等杂七杂八地裹作一团，一股脑儿放到水桶，用水泡着，累积一个星期的量才洗。水桶容不下那么多，脏衣服凌乱地散落在地。

　　阳光穿过防盗网射进来，浸透汗水的脏衣物在水里泡了好几天，发出阵阵腥臭。终于，泡到再不洗就没衣服可换，万不得已，才扔进洗衣机。

斯辰从没见过如此邋遢的同龄人，与光鲜亮丽的外表相较，反差太大。一百多年前，英国著名诗人王尔德便说过："这个世界上好看的脸蛋太多，有趣的灵魂太少。"

连衣服都懒得洗的人，下厨煮菜的可能性就更小了。斯辰偶尔为之，然而一个人清锅冷灶的，有时也懒得动手，只好叫外卖或到外面的快餐店轮流换着吃。

楼下有一家叫"江南美食"的快餐店，斯辰经常光顾，是他应付肚子抗议的地方。看到"江南"二字，他首先想到江浙。莫非老板是江浙人？

可直觉又告诉他不像，这边江浙人很少。江浙经济发展不错，千里迢迢跑来广东谋生的人不多。他们公司老板便是浙江人，和店老板的口音不像。

来来回回在那儿吃了半年，除了点餐，他没主动和老板说过话。光顾次数多了，老板间或会主动找他闲聊，会问他饭菜味道怎么样，有什么需要改进的地方。

周边不断有店铺开张或倒闭，竞争对手换了一批又一批。附近一老旧小区改造，大量租客搬走，餐饮生意冷清了一大半。生意清淡，腾出更多时间来做服务，对熟客自然是态度殷勤。

这天，午饭时间已过多时，店里没有别的客人。斯辰问："老板是哪里人呀？"将饭菜端上来的老板就近坐下说："你猜。"他想了一下道："江西？"老板笑着说："呵，你怎么一猜就中了？"

他又问："江西哪里？"老板又叫他猜。他随口说："新余？宜春？"老板说："靠近赣州的。"斯辰恍然大悟道："这'江南'原是江西南部的意思啊！"他知道赣州靠近广东韶关，属于赣南——"江南"。

老板不无惊讶道："你真聪明！就是这个意思。"

老板做的饭菜味道一般，但价格便宜，且每次斯辰来时碰巧客人不多，所以上菜速度快。可有时生意实在差，简直门可罗雀。竞争对手换了一茬又一茬，唯独他坚持着，实属难得，不知是如何苦熬时日的。

时间长了，斯辰每次来吃饭都会主动跟老板闲聊几句。生意太差，供两个孩子读书不容易，单单夫妇俩经营这店都显得人手多余。老板娘便到工厂上班，剩老板一个人看店，有时也无聊得很。

吃完饭，斯辰漫无目的地闲逛。经过沙县小吃门口，里面走出个中年大叔，后面跟着一只屁颠屁颠的小狗。

毛茸茸的小泰迪，很机灵，眨着黑水钻似的圆眼睛，摇着尾巴，一脸乖巧地随主人走到电动车跟前。主人不紧不慢地骑到车上，坐定后朝它喊："跳上来。"

小泰迪听了命令，敏捷一蹦，跳上踏脚处。斯辰以为它就这样搭乘电动车扬长而去时，中年男人一把将它抱起，放到车头的箩筐里，然后很拉风地走了。

有灵性又听话的小狗，像个懂事的小孩，很招人喜欢。看着它疾驰而去的身影，斯辰突然也想拥有一只这样的小可爱。

煦阳恋爱了。

热恋的人有情饮水饱，三更半夜都能为情颠倒，不思睡眠。他一惊一乍的欢声笑语，往往在别人准备与周公约会之时响起。甜言蜜语能使情人销魂荡魄，却未必让室友感同身受。

刚读大学那会儿，斯辰有个室友也如此。他对此深恶痛绝。

白天甜蜜得如胶似漆不够，晚上仍电话传情，隔空剪不断。凌晨两点仍打得火热，同室舍友难以安然入眠，搞得差点"同室操戈"。

如果仅仅聊电话也罢，煦阳还常常把女友带回宿舍过夜。

初时斯辰和志达没说什么，次数多了便颇有微词。合租宿舍毕竟不是私人住宅，隔三岔五来个陌生女人，始终不方便。通常煦阳又没有提前打招呼，像是突然袭击。

只要自己不觉得尴尬，那尴尬的就是别人。

大概"秀恩爱，死得快"，煦阳的恋情应验了这句话。

眼见他起高楼，眼见他宴宾客，眼见他楼塌了。斯辰并无幸灾乐祸之意，只感叹终于可以清静地睡个觉了。

屋漏总与连夜雨搭配出现，煦阳失恋没多久又失业了。他到酒吧做兼职啤酒推销员，过起昼伏夜出的生活。

有一天，斯辰在银行门口等人。

那天他穿着蓝衬衣，乍看像个保安。正低头看手机，他突然听到有个女声训斥："去叫你们李行长过来！"

斯辰抬眸一看，一个富婆模样的女人正恶狠狠地盯着他。

他莫名其妙，心想根本不认识对方，便没理会。

没想到那女人继续道："喊你呢！聋了吗？"

斯辰再次抬头，张望四周，并无其他人，确认对方在向自己喊话。他一脸茫然，然而还是不吭声。

富婆不但打扮得富贵，身材也富态。簸箕似的大嘴恐怕古龙笔下的李大嘴也自愧不如，有绝对的实力能够一口气同时塞进三只硕大的白面馒头。或许天赋异禀，所以嗓门一个顶仨，哇啦哇啦的。拥有如此傲人的天赋，气势自然咄咄逼人。

　　这回斯辰两眼死盯着她。她又训道："你耳聋了没听见？"他还是死盯着她，不吱声。

　　富婆终于察觉不对劲，诧异道："我以为你是保安……"

　　他这才淡淡道："就算是保安，你也不能这种态度来对人吧？"

　　此时，有个穿着保安制服的人从银行出来。后面还有两个人，一个大高个子的西装男，不知是否是女人口中的李行长，另一个居然是煦阳。

　　西装男见了富婆，眉开眼笑地寒暄起来。煦阳低眉顺眼的，随后上了她的车。他居然没有瞧见斯辰。西装男微笑着道再见，招招手，站在原地目送他们远去。

　　斯辰望着他们消失在远处的车流里，摇了摇头。他似乎明白了煦阳为什么最近总是印堂发黑，像香港僵尸电影里被女鬼所迷惑的男子。

　　眨眼冬天了。圣诞节前夕，平安夜。街上的霓虹灯格外璀璨，商场里布置了很多灯饰，矗立着灯光闪烁的圣诞树。头戴红帽、身穿红衣的圣诞老人站在门口迎宾。

　　这是个西方节日，欢乐的氛围直逼中国的迎春花市。然而对于斯辰来说，这只是个寻常的周末，百无聊赖。他没什么特别节目，就躲在房间看书。

屋外是凄冷的阴雨，屋内煦阳邀了几个朋友来，玩得热火朝天。

此刻，他们围着一张包钢边的绿皮方桌打麻将。脚边放着空啤酒瓶，散落一地零碎的花生皮和壳。炽白的灯光下，他们哗啦哗啦地洗牌，嘴里叼着香烟，不时飙几句骂人的脏话。

当中有个戴着耳钉留着玉米须发型的青年，像个泼皮，言语尤为粗俗。打输了满嘴夹缠着粗言秽语，嚷得最大声；打赢了兴奋得摇头晃脑，笑起来嘴角能咧到耳垂下面。他捂着嘴"吭吭吭"地咳嗽，朝身边的垃圾篓吐痰。

生活习惯的不同，文化素质的差异，兴趣爱好的大相径庭，室友之间难免有摩擦。但同一屋檐下，低头不见抬头见，纵然心有不快，斯辰也没有急赤白脸地跟煦阳闹翻——他就是这样温开水的性格。

忍一忍便过去了，他想，同屋共住终归是缘分一场，好聚好散。只是暗下决心，以后绝不跟人合租。

二

半年过去，合同到期，斯辰他们也到了"合久必分"的时候。

最后一个月，斯辰每到周末就四处看房子，提前物色新住处。

有个同学租住在天河的城中村，斯辰去体验过一晚。十来平方米的一个小单间，光线极差，白天都要开着灯。别看地方小，租金可不便宜，每月上千块。一栋栋"握手楼"，密密麻麻挨得很近，暗无天日。

狭窄的小巷如同"一线天"，抬头可见电线网线像蜘蛛网一样纵横交错。张家的窗户不是对着李家的窗户，就是对着王家的阳台。逼仄的环境，空气不流通，不适宜整天关着门窗。如果一不留神忘了拉窗帘，一举一动就被窥视得清清楚楚，毫无隐私可言。

　　夏季天热，不管男女都喜欢凉快，在家穿得暴露甚至一丝不挂不足为奇。有的男子为图凉快，免不得要脱光了衣服，大摇大摆在自家晃来晃去。

　　他们没有暴露癖，也不是不怀好意，但总会有不经意的瞬间，被对面的人不小心瞧个一览无遗。四目相对，电光石火。目光和身体都躲闪不及，尴尬得叫人脸红耳热。

　　居住其间，隔味、隔音效果差到令人发指。白天，闻得见左边邻居炒菜的油烟味；晚上，关上门窗都能听到右边邻居打鼻鼾等声音。日常的开门声、关门声、冲厕所的水声、点外卖的电话声、情侣的吵架声、喉咙炎症患者大声咳嗽和"喀喀"的吐痰声……不分昼夜，声声入耳。

　　尤其令人躁动不安和夜不能寐的是，个别精力旺盛的邻居三更半夜还在销魂呐喊，激情四射。他们本意绝不想扰人清梦，也绝不想与人分享甜蜜和快乐。可是动静那么大，不眠不休的，听者想不想入非非都难。

　　纵然芳邻们清心寡欲，不想事事关心，可窗与窗的距离靠得如此近，总有忘了拉窗帘或关窗的时候，无意中的一个抬头便能对他人的私生活一窥到底。

　　并非所有人能够天天采取"掩耳盗铃"法，当什么事也没发生过——想自欺欺人都不行。

市中心虽然上班近，交通方便，可贵得住不起，合租又不愿意；而城中村压抑的环境，斯辰实在接受不了，宁愿住得偏远但好一点。兜兜转转，临末了才定下了城乡接合部的一处公寓。也是城中村，好在楼层之间相对开阔，室内装修精致，设备齐全。

自那以后，约有半年光景，斯辰和煦阳没有联系过。

就在斯辰以为煦阳已沦为一个活在通信录中的人，此生再无交集时，他的电话来了。他问斯辰现在住哪里，住的房子怎么样，可不可以过来看看。虽然不情愿，斯辰还是礼貌地表示欢迎。

那晚，斯辰正手忙脚乱地炒菜，煦阳的微信语音来了。他说在附近看房子，是否方便上来聚聚。

既然在附近，斯辰不好拒绝，炒好的菜刚端上餐桌，没来得及吃就匆匆下楼接他。

煦阳绕着房子看了一圈，客厅、卧室、阳台、走廊……任何角落都不放过，一边沉吟道："不错，不错，挺不错。"他没有征询斯辰同意，对着房子就拍了视频。

煦阳想租一间类似的房子，向斯辰要了房东的电话。

斯辰客气地邀请煦阳吃了晚饭再走，仿佛下逐客令。

煦阳肚子正饿着，但见只有简单的西红柿炒蛋，且分量不多，便谎称已经吃过。

他坐在旁边看斯辰吃饭，聊了些别后的情况，打探房东情况，房租、水电费，以及周围出租屋的行情、治安环境、公共设施，附近有什么超市、医院，离公交站和地铁站多远。

斯辰一一耐心作答，知无不言，毫无保留相告，提了些建议以供参考。

煦阳非常满意，了解清楚便离开了。

第二天晚上，斯辰下班回来，在楼下碰到了房东。

房东道："你的朋友——他说是你的朋友，租了你旁边的房间。他认为你现在的房子很好，哪怕再贵一点也愿意租你那间。"

斯辰不料煦阳这样坦白，问："你租给他多少钱？"

房东没有感激斯辰给她介绍新租客的意思，说："我本来想一千五百元出租，他说你的房子那么好，光线和格局比他的好那么多才这个价，硬要我给他降了一百块……"

斯辰好心透露行情和提供建议，没想到煦阳竟将一切和盘托出。

房东继续说："你那间格局和光线比其他好，我本来打算租一千八百块的。你知道我这是全新的公寓，你是第一个租客，当初为了开张发市才便宜租给你，你怎么都跟别人说了呀？你朋友愿意一千八百块租你这间房子，你愿不愿意跟他换？"

被人出卖，还被认为出卖别人。斯辰不禁暗自懊悔引狼入室。

他郁闷地将此事告诉朋友。

朋友说："有一种迷信说法，帮助有罪孽的人是会给自己带来灾厄的。你帮了他，他的罪孽就要你来承受，你的福运抵挡不住时，你和家人都会倒霉。像一般的小忙也就罢了，但特别大的忙最好考虑清楚。"

不出所料，合同到期后房东果然要涨租金。

当然，就算当时他没有"引狼入室"，房租可能照样会涨。只是房东涨得那么理直气壮、不容分说，引用煦阳的话——"你的房子比其他房子好那么多"。

他只好将所涨的租金当作交友不慎付出的代价，买教训所要花的钱。

舌苔厚白持续有一段时间了，斯辰找中医西医都看过，就是不见好。

这日他到药店买口罩，老板娘说他们店有个合作的老中医，治好了很多疑难杂症，游说斯辰找他看看。她说得神乎其神，大有高手在民间的意味。

　　他见识过药店店员的销售能力，熟背的话术说得天花乱坠，可信程度却不高。沿街药店太多，每隔几十米便有一家，竞争激烈。这些药店变着花样找门路赚钱，偷偷摸摸跟些江湖郎中合作。当中或许有个别民间高手、沧海遗珠，当然多数是骗子。

　　经过无数次上当再上当，失望又失望，病人已经过了病急乱投医的冲动期，听到推介的话一般都麻木了。但在求生欲望的驱使下，假若能看到一线治愈的希望，还是甘愿一试的。

　　抱着死马当活马医的心态，斯辰次日一早冒着上当的风险过来了。反正看过不少医生，好得了便好，好不了也认了。

　　药店老板娘安排店员为他引路，去找老中医。由于非法行医，不得不像特务接头，怕被发现。老中医出诊的地方很隐秘，在店员的带领下，二人一前一后地走着。店员有点鬼鬼祟祟，一路东张西望，仿佛做贼心虚。

　　阴天，潮湿的回南天，没有下雨却有下雨的感觉。花岗岩石板湿答答的，斯辰穿着平底的休闲布鞋，随时有滑一跤的可能。昏暗的小巷，两边的门口高高晾挂着衣物，没有人影。

　　除了失业在家的，其他租客都上班去了。打工人像外出采蜜的蜂，或者觅食的鸟，天黑才成群结队地归巢。此刻，一点扰攘的声音也没有。

　　前面一间屋子忽然有人咯吱一声推开门，一个鬈发的胖女人在门口探头探脑，不知道是观察有没有下雨，还是犹豫要不要换双鞋子出门。确定没有下雨，她将手里拿着的伞放回里屋门边，利落地闪身而出，砰的一声把门关上。

　　女人穿着类似睡衣的居家便装，粉红色的软胶拖鞋，露出十只涂成鲜红色的趾甲。看样子不像要走远路，估摸着是到附近市场买菜。拖鞋踩在湿滑的地板上，趿拉、趿拉、趿拉……在寂静幽暗的小巷震荡回响，愈发显得走路的人谨小慎微。

　　城中村的小巷九曲十八弯，斯辰跟着店员左转右拐地走了十分钟，来到深藏于小巷尽头的一间出租屋。这就是所谓的临时诊所，一室一厅，里间是诊室，外间是候诊室。里间的就诊台是一张陈旧的长方形电脑桌，旧货市场很常见。

　　桌子靠墙横放，距离门口不足一米半，医生和病人一人坐一边，医生面朝外，病人面朝里，背对门口。外间摆着几张红色塑胶椅，空落落的，简陋得叫人难以置信，然而又不得不信。

如此隐秘的地方，谁会想到藏着这么个小诊所，医生和病人就像秘密的地下组织成员。

两个候诊的病人看样子像住在附近的租客。一个双脚交叉地坐着的中年妇人，双手交握扣在大腿上，看了一会儿手机又停下，目光呆滞地想她的心事。另一个跷起二郎腿，是个五十来岁的大叔，同样目光无神，抿紧嘴，像所有患者一样愁眉苦脸，不看手机也不说话。

斯辰沉着脸拣了张空椅坐下，有点窘，幸而戴着淡蓝色的口罩，添了些安全感。他像戴了自卫的防毒面具，严严实实。隔绝了空气中游走的病毒，别人也看不出他什么表情。

老中医头发花白，戴着老花眼镜，目测至少有七十岁。蜡黄的一张脸，深深的法令纹，凹陷的眼窝，颧骨凸起。稀疏的山羊胡子，跟头发一样花白，像个深山修行的老道士。他凝神帮一个蹙眉垂目的病人把脉，静悄悄的氛围倒不是压抑，而是神秘。

把脉完毕，老中医语调缓慢地向病人分析症状，像个算命先生，看说得准不准。病人是个干瘦的妇人，望着他静静听着，不住地点头，偶做补充说明。

老中医说话精简省字，语速很慢，仿佛嘴里含着润喉糖，生怕说得太多太快会咣当一声掉出来。问诊完毕，他动作迟缓地用黑色的签字笔写方子。很潦草的字，外行人不一定看得懂。病人在旁边看着，想起些什么又说一两句。老中医默然听着，一边写一边点头。

看完的病人随即离开，没有病症之外的其他交流。等了半个钟头才轮到斯辰。他张开嘴让老中医检查舌头，完后，他不主动说话，想先听老中医的解读。

任老中医一个劲地说下去，斯辰不露声色，连头也不点。几乎都说中了，症状说得很准。结论是阴虚火旺，脾虚血弱。

店员陪同斯辰拿着药方离开，行踪诡秘地回药店抓药。诊金也是付给药店，比到大医院看专家还贵一倍。但药店老板娘说，别的药店收费更贵呢。

看了两个星期，依嘱咐煎药调理，斯辰病情有所好转。老中医说需要慢慢调理，急不来。

听说有的医生不愿意尽全力一下子将病人治好，好让患者们继续光顾。

有一次，老中医开的药不多，价钱比平时少了一大半，药店老板娘皱眉道："今天怎么这么少的药？"

店员没吱声，斯辰接口道："是我让医生不要开那么多药的。"

　　他猜测老板娘见他有医保，叮嘱医生多开些药。起初他没多想，每次拿药还说谢谢。

　　老板娘因人而异，对有医保的患者下手狠，没有医保的就下手轻些。亏得那老中医有些能耐，一直以来病人络绎不绝。他原本在药店出诊，以琳琅满目的药品作掩护，候诊的位置都没有，看病得提前预约。

　　药店生意火爆惹得附近的竞争对手眼红不已。老板娘怕太招摇被告发，租了个临时诊室，给老中医东躲西藏似的出诊。

　　药方也奇奇怪怪，斯辰到别处问，总缺其中几味药。原来药店与老中医之间有暗语，好隐蔽的合作方式。看病时，店员盯得紧，是为防范老中医跟病人私下合作。

　　城中村是个完整的小世界，里面小巷密布，人来人往，五花八门的小商铺隐藏其间。除了隐蔽的小诊所，便利店、粮油店、五金店、新旧货店、药店、文具店、美甲店、修脚养生馆、照相馆等星罗棋布，随处可见。单是理发店就十几家，门前的红白蓝三色转花筒灯日夜转动，招徕顾客。年轻的上班族多，所以小食店、快餐店尤其多。

　　流动性的摊档也很多，吃的用的都有，有卖蔬菜水果的，有卖鸡鸭猪肉的，有卖熟食烧腊的，有卖鱼虾蟹贝的，还有卖锅碗瓢盆和花卉盆景的。地摊经济在这里发展得有声有色，小贩的吆喝此起彼伏："便宜卖咯，便宜卖咯，都来看一看喽喂……"流水似的小摊档蔓延到天桥上、马路边、城中村外围等，像路边开的朵朵小花。

三轮车、平板车、电动车、自行车在拥挤的人流中穿梭。收旧家电的老板骑着三轮车，穿街过巷地转悠。车头的小喇叭循环播放："高价回收旧电视机、洗衣机、冰箱、电脑、热水器、电动车、摩托车……"

补鞋、修衣服的中老年人坐在路边的小凳子上，全神贯注地忙碌着。

村内较大的一条巷子是小贩们的集散地，旁边的肉菜市场和小超市都不如它热闹。近郊的农民和外地的货商运输各种各样的农产品和杂货过来，五谷杂粮、煲汤药材、廉价的衣物鞋子，门类繁多的小物件，品种齐全。

这巷子是通往公交车站的捷径，斯辰每天的必经之地。他上下班行走其间，循环往来，仿佛到了一个边远小城。

每天上午，小巷人头攒动，是其最热闹的时段。早餐店热气腾腾的肠粉、饺子、小笼包、叉烧包、炒河粉，温热香软。门前撑着大遮阳伞，摆放着简易的几张折叠桌，红色的塑胶椅子上坐满了人。

　　不用上班上学的居民，推着婴儿车或买菜车慢慢走着，挑拣新鲜的带着水珠的蔬果，与小贩高声讨价还价。因为物美价廉，这些店铺、摊档的生意都不错。

　　到了中午，快餐店人满为患。广式烧腊、湛江白切鸡、化州甜品、隆江猪脚饭、湘味木桶饭、沙县小吃、客家腌面、武汉热干面、兰州牛肉面、重庆抄手面、湖南筒骨粉、桂林米粉、柳州螺蛳粉、五谷杂粮鱼粉、东北手工水饺、老上海馄饨……各种风味美食，香飘大街小巷。

　　来自五湖四海的人在此交会，将他们家乡的特色美食带了来，"食在广州"名不虚传。

　　晚上，大排档的气氛最热烈，生意太好，里屋坐不下，门口露天摆满了桌椅。光着上身的中年汉子穿着大裤衩，腆着肚子，不吝对着其他食客展示自身白花花的肥肉。

　　客人刚离席的餐桌碗筷盘碟尚未收拾好，骨头鱼刺、小龙虾壳、花贝壳、田螺壳、烧烤竹签……残羹冷炙，堆山填谷。昏黄的灯光下，他们酒足饭饱，一脸油腻，抽着烟，喝着啤酒，高谈阔论。

　　也有学生模样的年轻人，男男女女，三五成群吃消夜，有吃饭嚼肉的，也有吃汤粉面的，烧烤、火锅、酸菜鱼、砂锅粥、干炒牛河、三丝炒面、笼蒸饺子……他们的菜式一般经济实惠些，但照样堪比饕餮盛宴，吃得杯盘狼藉。不像有的中年男人随意邋遢、袒胸露背，他们极为注重形象，紧贴潮流，打扮得光鲜时尚，尽管仍不脱学生的稚气。

年轻人多为刚入职场的新军，经济能力有限，暂时寄居村内。此时他们囊中羞涩，加班加点是常事，到周末才呼朋引伴地聚在一起胡吃海喝，吹牛皮、侃大山。

过几年，等他们完成一定的资本积累，就会搬离这个鱼龙混杂但一生难忘的地方。

行走在城中村的小巷，斯辰常想起老家。每逢集市，圩镇热闹非凡，人们摩肩接踵。卖水果的三轮车、卖蔬菜的摊档、卖衣服的临时搭篷、卖杂货的小铺同样比比皆是。咸肉粽、钵仔糕、生煎包、葱油饼、油条、牛杂、麻辣烫……各种小吃的摊档前总会围满人。

根植于他内心深处的小镇文化，像刻在身上的印记，永难消除。

每次回老家，他都到镇上的集市转一圈。远远闻到牛杂和臭豆腐的味道，看到沸腾的麻辣烫、香浓甜熟的烤红薯、热腾腾的糖炒栗子，以及其他引人围观和解馋的小食。充满烟火气息的画面，格外亲切、温暖。孩提时随祖父赶集的画面从记忆深处冒出来，如烟如雾也如风地在脑海里飘荡。

城市更新、旧城改造的大潮席卷而来。鳞次栉比的高楼大厦之外，难得有这充满人间烟火气息的缓冲地带。

城中村有时难免脏乱差，似乎与广州世界一线城市的身份不符，然而生态层次的丰富性正是这座城市的魅力所在。

"生意还好吧？能不能优惠点呀？"早上跑步回来，或者傍晚下班回家，经过天桥的小摊档，斯辰跟卖水果的小贩讨价还价。他不是真的在意能优惠多少，而是享受与他们交流的乐趣。不知道等这一辈人退休、不再摆档之后，路边这鲜活的、流动的风景会否就此消失，像唱了很久的一首歌那样戛然而止。

摊主小贩大多是中老年人。在他们看来这座城市大而无归属感，然而又不得不离乡背井来此谋生。岁月的痕迹已深深刻在了他们的脸上，风吹日晒的磨砺令他们的皮肤粗糙黝黑，阅尽风霜的眼神安定而又有点麻木。

也许靠着卖菜卖果，他们养大了自己的子女。年逾古稀仍在种菜、卖菜，一辈子都在干这事。除了这个，他们没有别的谋生手段，因此停不下来，也不愿意停下来。

在电子支付没有盛行的年代，小贩老人收到假币而当街痛哭的事时有发生。"走鬼"当中不排除有短斤缺两的狡猾者。但总的来说，他们并非大奸大恶之人，至多喜欢贪点小便宜。即使偶遇短斤缺两，如果对方是年迈老人，斯辰通常识破而不说破，一块几毛钱就当做善事。

但他们大多是老实本分、纯朴厚道的人，每天起早摸黑地在菜地果园里采摘，肩挑臂扛地来到路边售卖，风吹日晒地守着个小摊档，日复一日，年复一年。

由于经常光顾，斯辰跟附近的小贩很熟络了。碰到不忙的时候，他们很乐意跟他闲聊几句。

卖菜的老伯会多送他几根葱或芫荽；水果档的老板娘会告诉他哪些水果新鲜香甜；熟食店的阿姨有时会多给他两只鸡爪；鱼贩老板会以最优惠的价格称给他。

而猪肉档的夫妇会告诉他哪些部位的猪肉用来蒸比较嫩滑，哪些部位的肉质适合爆炒，哪些骨头用来搭配哪些汤料比较合适。

与这点小恩小惠相比，斯辰更享受热乎乎的人情味，以及他们的热情带来的感动。

卖早餐的阿姨说她凌晨两点多要起床工作，做包子，榨豆浆，磨米浆，准备做肠粉的酱料。中午她老公和儿子来接班，她才能回去休息。他们在清晨的阳光中工作，在正午的日影或树荫里吃饭，在暮色中清洗餐具锅炉，在星光下归家。

　　其他小贩亦如此。每天起得很早，进货，摆好，等待顾客光临。早上最忙，中午生意比较冷清，有的档主直接仰卧在一张长竹椅上休息。

　　午后日影移动，阳光闲散地照着他们厚实的脚掌和旁边的拖鞋。他们有的穿的短衫背心太短，露出小块白花花的肚腩。

　　每当经过他们身边，看到他们满头大汗，风尘仆仆地忙碌着，斯辰就忍不住喟叹他们谋生的韧性，生命力的坚强。他们默默守着个小摊档，勤勤恳恳，为生计忙碌着，充实着，也快乐着，享受着。

　　郁闷时，斯辰想到他们，心里的郁闷被击得粉碎。

　　他心有戚戚然，因为偶尔会怨天尤人、多愁善感，还会身在福中不知福。与他们相比，原来他生活得真的很好，近乎算得上养尊处优。

　　身边衣食无忧的朋友想不开，唉声叹气说活得没意思。他好想带他们看看小贩们在风雨中、烈日下的身影。对比之下，他们的矫情不堪一击。

　　坐在空调房安然工作，他有时竟会羡慕那些小贩。他们在嘈杂的小巷能旁若无人地摆出舒服的姿势，安然入睡；他们大大咧咧，没有多余的时间胡思乱想，没有职场复杂的人际关系和钩心斗角。好像对他们来说，烦恼和焦虑是不存在的事。

外省来的新同事大惊小怪地对斯辰说："昨天傍晚碰见我的房东老太太在天桥摆地摊！我看她有六十多岁了，那么有钱居然做'走鬼'！"

斯辰对他的震惊不以为然，淡淡道："这有什么好奇怪的？这种甘当小贩的'地主婆'多了去了。别说城中村，我们公司的清洁阿姨也是拆迁大户，每月租金收入好几万块呢。"

同事不明白道："既然家财万贯，有楼收租，为什么还要这么辛苦出来干活？在家打打麻将、喝喝茶和吹吹水，不是挺好吗？"

斯辰望着眼前的大男孩，本想说："这些阿婆阿姨肯定不是傻子，难道打麻将一定比卖菜快乐吗？"然而他只说："麻将打得多了也会觉得空虚吧。她们这样做，必定是从无数经验中总结出来并证明为更有意思的生活方式。"

广州城中村有的老妇，年纪大了喜欢摆个小摊，做点小生意。候着城管疏于管理，铺一两只编织袋在地上，摆放几行整齐的青菜，怡然自得当"走鬼"。

她们自带一个小凳子，有时一坐就是一天，有时只在早上太阳不猛或下午太阳落山时才出来。青菜、豆角、黄瓜、土豆、茄子、西红柿……葱绿桃红，五颜六色，一小堆或一捆就一两块钱，便宜得像白送。每天品种还不一样，估计是早上出门随手从菜地、果园带出来的。

别以为她们真为生活所逼，其实这些人多是名副其实的"地主"，有车有房，家财数以百万计，每年的分红就够她们无忧无虑。摆摊无非是为了聚着热闹，图个乐和。

有一次，斯辰将一个阿婆的菜全买了，她反而不高兴，抱怨这么早卖完了，回家没事干。

斯辰的房东是个年过六旬的本地老太，儿子、儿媳和孙子远在新加坡，平日没有接送孙子上下学的责任。家里有三栋楼出租，每栋七八层，没有请二手房东打理，她和丈夫的任务是收租。闲暇之时，在楼下的小巷摆摊卖菜，跟旁边的小贩聊天，是她日常的主要消遣。

她说必须干活，一直闲在家会废掉。

很多年轻人打发时间的方式是吃吃喝喝、睡懒觉，而这些老妇骨子里保有一种传统的节俭品德。她们喜欢做点小生意、做点小手工，觉得比打麻将充实和有意义多了。摆摊的同时与周围的人打交道，聊聊天，还能做生意，靠劳动赚点钱，何尝不是一种乐趣？

鲜红的番茄，翠绿的油麦菜，暗紫的茄子，饱满的玉米，浅黄的土豆，长条形的豆角，又细又长的韭菜，沾满泥土的番薯，表皮粗糙的青瓜，通身皱纹的苦瓜，滚圆的南瓜，椭圆的冬瓜，缀满小花苞的菜心，淡淡清香味的西兰花……看着新鲜的瓜果蔬菜，感受人来人往的热闹，自然而然就会对生活充满希望。

难怪有人热衷去超市、菜市场逛一逛，什么抑郁苦闷都烟消云散。阿婆们乐此不疲地泡在菜市场，对生活保持积极向上的态度。这是一种正能量，比打麻将要好。

或许，旁人认为匪夷所思的生活方式最适合当事人。

斯辰认识的城中村青年阿伟，是个"地主少爷"。他家里拆迁，分了大、中、小近十套房，靠收租即可生活无忧。村里不少情况跟他差不多的青年，仗着家中有租可收，无心向学，成天好吃懒做、惹是生非。

他们早早辍学，不找工作，整天打麻将度日。恶劣一点的，吃喝嫖赌抽样样在行，拉帮结派、打群架桩桩参与。阿伟有个邻居打架，捅伤人被抓了，在牢里蹲了几年，出来依然死性不改，搞得家无宁日。

不学无术的败家子跟拦路抢劫、飙车的二流子混在一起，要么一事无成，要么锒铛入狱。虽说一般不会闯出杀人放火烧山的大祸，但小祸不断，经常进出派出所"喝茶"。

　　终日无所事事而犯事的反面教材不胜枚举，着实值得阿伟引以为戒。他也曾一度放纵自己，因赌犯事，后来才洗心革面，重新做人。

　　如今阿伟收心养性，不再打麻将虚度光阴，做了公共汽车司机。既打发时间，又不会学坏。从家庭和社会的角度看，他的选择都好过不分昼夜地打麻将，或者浑浑噩噩地睡觉。

　　《泰坦尼克号》女主角的前夫、奥斯卡金像奖最佳导演萨姆·门德斯说："你以为挑起生活的担子是勇气，其实去过自己真正想要的生活才更需要勇气。"他深以为是。

　　在城中村生活期间，身边的人教会斯辰许多东西——尊重别人的生活，不打扰，不恶意评论，不一厢情愿地指手画脚，才是旁观者应有的态度。

　　傍晚下班早或周末的午后，斯辰会和朋友去公园打羽毛球。他发现，与城中村甘愿做小贩的老人不同，旧小区的老人拥有的又是另一种不同的生活状态。

　　靠近公园西门，有一块斜斜的圆形空地，像乡村的晒谷场，容得下两支篮球队。空地除了中央宽敞，阳光直射之外，四周绿树环绕，浓荫密布。

　　树荫下几张蓝色的乒乓球桌，大爷们挥汗如雨地切磋球技，或坐在棋桌旁的小凳上沉浸在棋局里厮杀。大妈们则坐成一圈，中间铺着对称剪开的纸皮箱，铺上报纸便成了打扑克的牌桌。

太阳毒辣，隔着树荫把地面晒得热烘烘的。不能席地而坐，她们便从自家带来便携的塑胶小凳子，坐好后开局。

这些老人住在公园门口斜对面，灰不溜秋的石米楼。老式玻璃窗灰扑扑的，阳台晾着衣服，护栏上一盆盆旁逸斜出的绿植简单点缀出一丝丝生机。

他们是几十年的老街坊、老邻居，熟络得像自家人。所以玩伴阵容固定，来来去去都是那几张熟悉的面孔，互相摸熟了脾性，对对方出牌的套路了然于心。

哪天某个人有事缺席，会找个临替来凑数。临替的也不陌生，都是平日带着孙子在旁观摩的看客。有闲情玩的基本没有帮儿带孙的重任，或压根不与儿子儿媳住一起。

与专注竞技的大爷相比，大妈们并不好静，一边兴高采烈地打牌，一边交头接耳地聊个不停。像一群欢乐的麻雀，叽叽喳喳的，有永远说不完的话题。

退休日子清闲，生活安逸，打牌成了她们打发时间的主要方式，顺便刺探邻里之间的八卦琐事——最平等的信息交换。

她们年纪相仿，"华姐、秀姐、芬姐、芳姐……"互相称姐，以妹自居，谁都不愿意承认比别人年长。操着一口纯正的粤语，聊家长里短、生老病死，激动起来会高声嚷叫、哈哈大笑，不时蹦出几句粗话。仿佛世间所有的一切，都在她们谈笑间灰飞烟灭。

这是她们的一大乐事，活着的精神寄托。

除非刮风下雨，她们总会准时出现，日复一日。没完没了地聊丈夫、聊儿女、聊婆媳，或紧随潮流，聊天下大事。电视上的逸闻趣事，哪个地方发生什么自然灾害，国家颁布了什么政策，国外哪里在打仗，她们一直留意着。

并非她们多关心国家大事，很多事与她们无关，然而知道这些新闻才证明自身见多识广，没有落伍，没有为时代所抛弃。

高谈阔论需要充足的信息储备作为支撑，她们不愿被视为闭目塞听、见识浅陋之人。没有人愿意与孤陋寡闻的人为伍，纵然活到几十岁，人仍是群居动物。有资源（包括谈资）交换，才容易与别人打成一片，否则要被鄙视的。因此她们需要活到老学到老，保持耳聪目明，尽可能将谈资搜刮多些。当人家侃侃而谈时，能插得上嘴是件自豪的事。

常常，她们聊到年轻时如何伺候一家老小，还不被家公待见，又被家婆刁难。终于等到家公家婆去世了，媳妇熬成婆，又恶性循环地继续婆媳不和——轮到她们跟儿媳明争暗斗，互不理睬。

婆媳关系，永远是中国家庭最难处理的关系；婆媳矛盾，永远是中国家庭最难调和的矛盾；婆媳不和，永远是中国家庭最悠久的传统问题，还将世世代代继续下去。

她们看得通透，知道年轻人有他们的圈子和要忙的事，上班的上班，上学的上学。太过八卦、嚼舌根，有"长舌妇"的嫌疑。可是一天的时间说长也长，说短也短，白开水般的生活乏味无聊，不找点乐子如何过？若整天待在家，没人搭理，没病都能待出病来。无所事事最是难熬，不如嘻嘻哈哈、说说笑笑地活来得有趣。

一生经历了无数大大小小的风波，惊险地活到这个年纪，她们有资格享受生活了。除了打牌，她们当然还有其他活动。譬如清早起来打太极，成群结队去爬白云山或喝早茶，晚上在广场上载歌载舞。

在家天天对着个老伴，几十年，一辈子，不拌嘴已非常难得。"千金难买老来伴"，可有的夫妻老了反而宁愿选择分居，谁也不需要伺候谁，落得清静。

能拥有话语投机、志趣投契的三五知己共度晚年，绝对是人生一大幸事。

日子一天天过下去，对她们来说，前天、昨天和今天没有什么两样，明天和后天是今天的重复。话题也重复着，今天说完了，明天接着说，后天继续说，永远说不完。年年、月月、日日重复着，抱怨不愿伺候而又不得不伺候的老头。

"啪"的一声，雪白的羽毛球突然飞到她们身边，落在她们的"牌桌"上。她们眼疾手快地捡起，用力扔过去说："靓仔，仔细点，别打中阿婆的头啊！"

本地老人向来有一种自傲的神气，特别是住在老旧小区的，早早就享受到改革开放的红利。今时今日，曾经现代化的小区已破败，但依然让他们优越感十足。

像斯辰这样的年轻人，很少主动跟他们说话，他们也不搭理这些年轻人。大家各玩各的，打球的打球，打牌的打牌，互不干扰。除了偶有交会的瞬间，过后循着各自的轨迹安然生活。

人潮汹涌的城市，人渺小得像浮萍，随波逐流，不断漂泊。很多人擦肩而过后就再无交集，像被风吹走的落叶，消失得无影无踪。行走在城中村的大街小巷，有的陌生人带给斯辰的触动，倒像山谷回音，久久回荡。

斯辰住的公寓楼下不远有一家便利店，门口常有个四五十岁的中年男人，坐在道旁树下的公共石椅自说自话。有时高兴得像青蛙，又唱又跳，欢乐无限。

初时斯辰莫名其妙，看到他自言自语，以为精神有问题。后来发现他的直播设备——被树身挡住了的手机，才恍然大悟，原来人家在做直播。

风吹过，尘土飞扬，树影斑驳地落在中年男人身上。

早上斯辰上班，他在那里；傍晚斯辰下班，也会见到他。他举着手机，操着异乡的口音，对着镜头说话、唱歌和跳舞。偶尔会换个地方，道旁树下、菜市场东门、超市西门，还有大马路对面的文化广场都是他的"直播间"、谋生场所。

他的穿着像农民工，却像写字楼的上班族一样作息规律，恪尽职守地发展直播事业。艳阳高照，他在树荫下；月朗星稀，他在路灯下。端午前后，天天有"龙舟水"，他也风雨无阻。

台风天的周末，屋外风大雨大，斯辰一整个白天都没出门，傍晚到楼下买酱油，瞧见那大叔在雨中"作业"。他一手举着手机，一手撑着伞，脸上带着微笑，似乎在从容地解说眼前的风雨。

周围行人稀少，他穿着凉鞋立在汪汪的积水中央，像极了风雨中做报道的记者。风不客气地撕扯他的雨衣，雨不留情面地拍打他的雨伞。

晚上雨停了，月亮升起，斯辰到公园散步。有人唱歌跳舞，有人乘凉聊天，还有汗流浃背地奔跑的夜跑爱好者。伴随着荷花池此起彼伏的蛙声虫鸣，晚风轻轻把花香吹送过来，他畅快地呼吸着香甜怡人的空气。

想到做直播的大叔，斯辰庆幸自己在自由自在地散步，欣赏美好的夜色。

相对于在镜头前卖力表演，口干舌燥地带货，他更享受懒懒散散地漫步和裹着花香的晚风。他知道，也许这一辈子都无法像别人那样一夜爆红。

另一个黄昏，斯辰走在下班的路上，深冬寂寂的风吹个不停。经过人行天桥，他遇见一个怀里抱着个熟睡的婴儿的妇人。她面前放着乞讨的字牌，上面写着丈夫患病之类的信息。人来人往，很多人视若无睹，漠然走过。一个年轻的女孩已经往前走了十来米，突然掉头走回来，在低头的妇人身边停下，掏出钱包，俯身放下十元钱。

那妇人点了点头，轻声说谢谢。女孩微笑着没有说话，站直身子离开。她柔弱的身影在路灯下闪闪发光，渐行渐远，消失在城中村里狭窄的小巷。

整个过程，斯辰都看在眼里，清清楚楚。知道"莫以善小而不为"的人很多，能做到的人却很少。

他想，那女孩内心应该有过挣扎。像大多数人一样心怀戒备，担心善良被骗了去，施舍变得毫无意义。然而犹豫着走了一段路后，她还是心有不忍地回头了。

其实她没有回头亦没必要负担多严重的良心谴责。十元钱不算多，但看她朴素的打扮，大概也够得上一顿晚餐，比如一碗面。

善良的人容易为一点小事而不安，在别人有需要之时如不施以援手，总归过意不去。因此她回头了，哪怕力量小得微不足道。

就此，良心可以过得去了。即使被骗，起码已经尽力，没有因为戒备而丢掉善心。

斯辰有个朋友，一个涉世未深的男生。大学刚毕业，蜗居在城中村里的某个单间。一天傍晚，他拖着疲惫的身躯，外出面试回来。工作仍然没有着落，房东已经在催交租。他是犯愁的，心情郁闷地在街边的沙县小吃随便应付饥饿的肚子。

他吃完刚准备离开，门口一个操着外地口音的妇女望着他说："帅哥，能给点钱让我们母子吃个面吗？"被陌生人骗的故事不是没听过，即使他是初出社会的学生。

瞥见她怀里蜷缩的小孩和她祈求的眼神，他愿意相信她的困境是真的。犹豫几秒，他将口袋里店老板刚找回的十二块钱给了这对陌生的母子。

他告诉斯辰："我不知道她是不是真的穷到连一碗面都吃不起，但那时正处于困境的我，能够用同理心去理解他们，愿意给他们一点微薄的善意。"小小的善意之举，像微弱的星火，虽然很小，但足够温暖别人一天、一月、一年，甚至一生。

在一本叫《隔壁的张爱玲》的书里，斯辰看到这样的话："因为善良，所以通常都不大能够拒绝别人。就好像《麦兜响当当》里，那位教授给麦兜智力测验说，他不是弱智，他只是善良。"斯辰自认不是多愁善感的人，然而总有些小事挥之不去，令他耿耿于怀。

自小被灌输太多"不要和陌生人说话"的忠告，他习惯装出一副"我不好骗""我不好欺负"的面孔去面对陌生人的搭讪。

那个傍晚没有风，夏末秋初的闷热没来得及散去。在楼下的快餐店，一个陌生男孩踌躇着慢慢地踱过来，走到斯辰面前。

男孩羞涩的脸带着稚气，十八九岁的样子，不知道是兼职的学生还是初入社会的职场小白。他语气谦卑地向斯辰推销手里的产品，每句话开头都是"哥哥、哥哥"亲热地叫。

饥饿带来的烦躁和习惯性对推销的排斥，让斯辰默不作声，皱着眉头，一脸嫌弃。

男孩推销了三分钟，说尽好话见斯辰仍无动于衷，便很知趣地走开了。临走再三抱歉，礼貌地说："不好意思，哥哥，打扰了。"

斯辰自觉冷漠过头，仿佛做了件残忍的事。出来谋生都不容易，他原可以友善一点，委婉拒绝的。然而他沉默着，几乎不朝对方看，怕有什么反应会引来对方纠缠不休。

望着男孩远去的背影，他好想大声喊："小弟弟，你回来！你回来呀……"

斯辰的部门将要空降一个新领导，不知道是否好相处。

三

　　大清早，这雨大得苏鑫龙找不着北。私家车坏了，公共
汽车等不来，地铁挤了几趟才挤上。都说贵人出门多风雨，
他一点也不引以为豪。心里直咒骂天公不知趣，到新公司上
班第一天就下雨。

　　一路上被挤得像罐头里的沙丁鱼，历尽千辛万苦才得以
出了地铁。他撑着黑色的长柄雨伞，站在出口处，望着漫天
大雨一筹莫展。任是再有本事的人，也无法喊停这风雨。

　　旁边聚集的人越来越多，大家心思一样，都盼着雨势小
点再走。眼见雨势不但没歇止，反而有越下越大的趋势。有
人按捺不住，担心迟到扣钱，只能涉水而行。在上班人的世
界，眼前这点风雨与扣工资相比，实在算不得什么。

　　望着身边不断有人冲进雨中，鑫龙纠结着要不要打个电
话跟老板说一声，但第一天上班就这样拖拖拉拉，给人印象

不好。今天周一，老板为他的到来早放出风声，等他参加早会介绍给大家认识。

等了约莫十分钟，被身边冒雨前行的勇敢者所带动，哗啦啦的大雨，轰隆隆的雷声，似乎变得不足为惧。他横下心，鼓起勇气，撩起裤脚，壮着胆在雨里走了几百米。然而老天显然不肯轻易放过他，电闪雷鸣，似在恐吓。

天空像缺了个口，雨水从巨大的窟窿倾泻而下。短短一段路让他的衣服、鞋子全湿了，不得不退回来。天杀的，路上到处都是积水的坑，新皮鞋就这样被毁了。天上黄豆大的雨点直倒下来，打在积水上，砸出一个个水印，形成密集的、不间断的小水坑。

这雨是预兆他到新公司的路不好走吗？这念头在脑海一闪而过，他不敢多想。

他到了公司，迟到是铁定的，早会也结束了。在前台遇到人事主管，招呼他办理入职手续。完了领他去见老板，老板客客气气地表示欢迎。鑫龙开口第一句话是解释迟到的原因，被黑色暴雨所累。见他裤子皮鞋全湿，老板大度地表示理解，叫他安顿好再说。

品牌部设立不久，虚位以待有才干的人来统领。鑫龙来得适逢其时，不仅为公司的发展添加马力，部门也免遭撤掉或并入其他部门的命运。

但对自由散漫惯了的下属来说并非好事。群龙无首多时，骤然空降一位新领导，他们没有像歌里唱的"终于等到你，还好我没放弃"那样喜悦，而是感叹从此宣告放养状态结束。

鑫龙来之前，徒有虚名的品牌部由运营部的肖栋暂时代管。肖总事务繁多，又常常出差，代管几乎等于不管，放养政策深得民心。鑫龙到来，意味着肖总的使命结束，再无须独当多面。按理应该可喜可贺，可没有谁愿意主动将权力拱手相让，失去证明自身价值的机会。

放养政策废除，大家不能放任自我，想请假或调休不像以前自由，要有充足的理由——因为会被问长问短。工作也不再放任他们尽情发挥。

鑫龙从报社出来，文字功底了得，其他人自然不敢班门弄斧。具体到每一个字、每一个标点，他都能说出一大堆专业的意见，务必使随意惯了的下属心服口服。

每天下班，下属们等鑫龙搭电梯下去了才走。能不接触就不接触，非必要不打照面，免得尴尬。下班了还聊工作，也无趣。况且年龄差距，代沟摆在那里，没有话题，双方僵得慌。碰见了，等于没事找事，自找不痛快，还可能会摊上麻烦事。

他们部门人不多，事情可不少。工作岗位职责明面上是设计做设计，策划做策划，事实上忙起来什么活都得干。设计师得兼任摄影师，文案策划不是只写个活动方案那么简单，公司的自媒体，微信公众号、微博、官网等要负责运营更新。

做领导的，有一定的威信当然好，但过度震慑，不能跟下属打成一片，又不利于部门凝心聚力。下属基本不会跟领导推心置腹，心里想的跟口里说的有七八成一致就不错了。

鑫龙感觉被孤立在外，不免经常要对下属做思想工作。

有一回，鑫龙忍不住问："为什么你们每次见了我，总像老鼠见了猫？我又不是白骨精，不会吃人。再说，就算我是白骨精，你们也不是唐僧呀。"

说完笑话，他自己先笑了，露出一排参差不齐的黄牙。大家矢口否认，对他露齿的笑容并不感到阳光灿烂，而是不忍直视。部门聚餐从来不喝酒，所以他们不会酒后吐真言。

鑫龙祖上"湖广填四川"，到他这一代算是土生土长的重庆人。读书和工作几经辗转，他最后落脚广东，结婚成家定居下来，儿女双全。他曾在一个叫三坑的偏僻村落做驻村干部，可这段基层经历对他的仕途没有起到多大帮助。

在纸媒发展的黄金期，他跑去报社做记者，一干就是十三年。虽然只是个普通记者，但胜在跑得勤，一路顺风顺水，写的报道拿了几次奖，包括国家级、省级的。很快买了房，从两室一厅换到三室一厅，房子面积随着钱袋的变化而变化。

这样过了几年，年纪大了，孩子大了，家里事务也多了，他变得懈怠，外出的热情不断消减。当然，也熬出了经验和资历，转做编辑，在办公室坐班，不用出去。

领导对他谈不上赏识，但衣不如新人不如故，更何况资历摆在那儿，纵然没有一官半职，大家对他也是客客气气的。原本的老主编对他还算照顾，任由他爱来即来，爱走即走，将版面做好即可。除非开会必须到场，其余时间自由得很。

可是没多久，老主编退休，又没能在撤退之前把鑫龙提拔上去。结果比鑫龙更年轻的一个同事上了位，成了他的领导。

像赶公共汽车，跑得气喘吁吁却差几秒钟没赶上，鑫龙着实愤恨。

鑫龙比对方早进来单位几年，论资历有过之而无不及，论能力可谓旗鼓相当。然而，人家比他年轻，更有年龄优势，更具培养空间。而且长得也帅气，人缘又不错，胜选乃情理之中，鑫龙不承认也得承认。

他无话可说，只能慨叹命里有时终须有，命里无时莫强求。时运这东西是如此不可理喻，所谓天时地利人和，不仅需要自身拥有足够的实力，还需要运气加持和贵人扶持，否则一切都可能白搭。

眼见"水鬼升龙王"，鑫龙心里有气，工作就不由自主地更加懈怠，结果被批评了几回。别有用心的同事煽风点火地怂恿几句，他果断提了辞职。

从报社出来，他不可能再回去做驻村干部，年龄也忒大了点。原来的同事，升迁的升迁，退休的退休，可以提携一把的已无人选。

年过四十，他过了职场三十五岁这条红线，四处求职四处碰壁。他自我安慰瘦死的骆驼比马大，不信找不到工作。毕竟是从大名鼎鼎的报业集团出来的，烂船亦有三根钉。即使记者不比从前吃香，仍是受人敬重的无冕之王。

三创公司老板廖琪芸那会儿正在招兵买马，扩张业务版图。得知鑫龙的情况，她赶紧联系，希望将他招至麾下。

过去在一些活动现场有过几面之缘，他们勉强算得上老相识。当时鑫龙是记者，廖琪芸是活动嘉宾，很希望他在报道中礼貌性地提及，便熟络起来。此番伸出橄榄枝，她看中他从媒体出来，必定手握着不少资源。所以她表现出的诚意也含金量十足，对这个人才的加盟势在必得。

起初鑫龙看不上私企，犹豫不决，想着可能有更好的选择。然而兜兜转转几圈面试下来，不仅"备胎"们不尽如人意，还残酷地发现自己并没有想象中吃香，信心大受打击。

迟迟没有找到合适的下家，廖琪芸又盛意拳拳，对他十分尊敬和看重，且薪资待遇不差。他借口再来公司走一圈，看看是否真的靠谱。回去后跟老婆几番商议，商议不出什么更好的出路，这才说服自己宁做鸡头不做凤尾。

事实证明在那个当口，鑫龙的选择是正确的。私企自有私企的好处。他向往的大单位人事关系复杂，虽说稳定压倒一切，不过算下来，薪资未必比廖琪芸给的高。如此这般在心里盘算比较，他便纡尊绛贵地答应扶持她打江山、拓版图。

确定新去向，鑫龙变得底气十足，神态淡定自若起来。原来的同事几次三番打探他的新工作、待遇情况，他守口如瓶，当藏宝图密码似的守得密不透风。

他们越想一探究竟，他越不肯吐露半点风声，保持神秘。人往高处走，他要抬头挺胸，昂首阔步地离开，留下个潇洒高大的背影和永远无法得知的悬念。

人的八卦心理有时候很严重，被问急了，鑫龙就胡诌八扯一通，敷衍对方。他说得像模像样，搞得对方信以为真。

时间长了，他也对自己信口胡扯的话将信将疑起来，大大惊叹自己一直未被开发的撒谎的本事竟然如此了得，像极了他曾经鄙夷的"大话精"。张口就来的谎话能以假乱真，真假莫辨，越来越脸不红心不跳。都是他们逼的，他想。

落日斜斜照在高层的玻璃窗上，一片红红的反光，像远处着了火的海市蜃楼。楼层巨大的暗影投射在小区花园的八角凉亭，投射在红色方格板砖铺的路面，投射在郁郁葱葱的植物上。长春花、夹竹桃、黄金香柳、异木棉、南洋楹、羊蹄甲、散尾葵、美人蕉……花木扶疏，错落有致。

凉亭棚架爬满紫藤和金银花，在晚霞的光影里熠熠生辉。树下的石桌石椅围着一群老人，闲聊的闲聊，下棋的下棋，打牌的打牌，带孩子的带孩子，安享他们黄昏般美好的晚年时光。

鑫龙一手晃呀晃地提着只卡通书包，一手连拉带扯地拖着他四岁的儿子。迎面走来几个背着手、慢悠悠地走过来的老人，他教儿子冲这个喊"爷爷好"，冲那个喊"婆婆好"，一路"好"个不停。

　　老人家们慈祥地点头含笑道："放学啦？真乖！真有礼貌！"微弱的夕照，芳草斜阳那么美丽，将他们黄黄的脸映得红红的，温柔地反着光，愈加慈眉善目。

　　他儿子似乎在幼儿园没玩够，对游戏意犹未尽，见健身器材上晃来荡去的小朋友，想撒腿而去，加入他们的队伍。

　　鑫龙紧紧拉住他的手，不容造次，他唯有扭着身子，眼睁睁地望着别的小朋友，眼里满是恋恋不舍。因为不情不愿，所以被拖拽着走得踉踉跄跄，每一步都宣告他挣扎无效。

　　今天幼儿园举办亲子活动，邀请家长参加。鑫龙好不容易才申请到调休，拨冗前往，同其他家长跟孩子们嘻嘻哈哈地闹了一下午。幸好结束得早，赶在下班高峰前回家。

　　自家的冰箱是否还有存货，他不知道，直接拽着儿子进了菜市场。随便挑几样肉菜，鸡、鸭、鱼、牛肉丸，脆生生的枸杞叶和生菜。现在的气温直逼四十摄氏度。

　　之前家里有岳母，然而想到岳母，鑫龙忍不住叹了口气——他一肚子怨气，怎么叹也叹不完。心里有苦难言，如同三伏天的温度居高不下。周华健的《最近比较烦》唱出他的心声："最近比较烦，比较烦，比较烦，我看那前方怎么也看不到岸。那个后面，还有一班天才追赶……女儿说六加六，结果等于十三。"

　　画家竹久梦二则说："人总是很容易被自己说出的话所催眠，我多怕你总是挂在嘴上的许多抱怨，将会成为你所有的人生。"就像《吸引力法则》一书中写的："千万不要小看了叹气，成天唉声叹气的人会赶走自己的好运气，会吸引来各种不顺和倒霉的事情。"

　　鑫龙年纪不上不下，房贷、车贷将他压得喘不过气。中年危机像一头饿了三天的老虎，对他虎视眈眈，随时要飞扑过来把他撕咬吞噬，连骨头都不剩半根。

　　上有老下有少，养两个孩子，还要养他那老不死的岳母。"老不死"三个字是他在心里暗暗叫骂的，没敢说出口。当着面得客客气气，奉若亲娘，否则老婆会如狼似虎地先解决他。

　　他老婆昨晚在业主群喊话想挖他们家保姆的一个邻居："你抢我老公我都没这么生气，一个相处七八年的阿姨，比老公还重要！你要请阿姨，你去找中介啊！再让我发现你这种行为，别怪我去你家找你拼命！"性格彪悍，可见一斑。

　　国家开放"三胎"政策，他不敢生。想起之前家里儿啼女哭，生活乌糟糟地乱成一片，他就心有余悸。

　　等孩子大些，哭闹是少了，但并没有杜绝。两小姐弟会为看不同频道的卡通节目而将遥控器摔得稀巴烂，也会因为两片西瓜大小不一而争得头破血流。同坐沙发挨坐得太近，一言不合就拳脚相向，打得不可开交。夫妇俩离开农村多年，没想到下一代虽在城市出生长大，依然遗传乡下人泼辣有为的基因。

两个孩子从嗷嗷待哺，到幼儿园，到小学，一路参加的培训班数不胜数，所费不赀——不能输在起跑线上。随着年龄增长，各种花头的开销有增无减。

这个说要学唱歌，那个说要学舞蹈；这个说要学书法，那个说要学画画。手心手背都是肉，且男女平等，必须一碗水端平。总不能这个参加了，另一个关在家里让其自学成才吧？等遭遇不平等对待的一方长大，难免会怨恨父母偏心。

所以对于孩子，夫妻俩再苦些也不得不满足，书法、舞蹈、绘画、跆拳道、篮球……名目繁多的培训班，一个不能少。

这是小的，还有老的。

他岳母来他家"安营扎寨"多年，尚未发挥余光余热帮他分担点什么便病了。久病床前无孝子，而他一个女婿只算半个儿，对他心里的怨气却抵得过对两个儿子的怨气。

一般的广东家庭，如果有子有女的，老人普遍跟儿子一起生活。由于他岳母岳父个性不合，像前世有仇——今世上演续集，殃及了他。

据说他岳母年轻时是个美人，可惜他无幸目睹。

胡茵梦说，同一屋檐下无美人。鑫龙的岳父岳母对彼此的美貌毫无感觉。双方都是暴脾气，喜欢动口又动手。几十年来他们像错贴的"门神"，从窝里斗到窝外，小吵不断大吵不停。

多年来他们不分伯仲，胜负难分，动不动就上演世纪大战，好像巴不得将对方挖坟鞭尸、挫骨扬灰。害怕伤及无辜，旁人也不敢劝架。假使不幸两败俱亡，只盼有个《神雕侠侣》李莫愁般的厉害角色，好心帮他们将骨灰分别撒向华山之巅和东海之滨，永生永世不再重聚为好。

鑫龙没有运气亲眼见证那些年代久远的"二人世界大战"，听得精彩万分又疑惑慨叹。

冤家俩这么多年不离婚也没有发生血案，怎么都算得上一桩奇迹。

后来女儿嫁给鑫龙，别人是老来从子，他岳母是老来从女，搬来跟女儿女婿同住。

临别之际，老夫妇不仅没有和谐的最后午餐，还发生口角引发终极一战，互相郑重声明后会无期。

　　没有眼中钉肉中刺，岳母手舞足蹈、欢欣鼓舞，感叹终于有机会享点清福——她的观念是不用干活不用劳碌就是享福。进驻鑫龙家之后，她吃饱了就睡，睡饱了就吃，吃饱又睡饱了就看电视。

　　疫情发生后，政府忠告非必要不出门、不聚集。她是一等一的良好市民，就算不用政府忠告，也足不出户。对于疫情防控，她无条件服从。理由充足，她名正言顺地做起了"资深宅女"。

　　下地走两步都不情不愿，更别想她爬楼梯、做运动或跟其他老太太跳广场舞。女儿女婿无可奈何，任由她养尊处优，雷打不动地躺着。

　　作为新时代的老太太，她没有像其他老人家一样喜欢舞刀弄剑或跳广场舞。相反，她十分明白事理地站在年轻人这边，认为跳舞的老人为老不尊，制造噪声，干扰邻居，国家应该明令禁止。

　　她判定上了年纪的老太太瞎蹦跶有卖弄风骚的嫌疑，而赏鉴舞姿的老头儿同样不怀好意，两者凑在一块儿容易发生有伤风化之事。

　　女儿说她纯属偏见和为懒得动找的借口，可她自视为难得的清流，要远离其他老人，不与他们同流合污。因此，躲在家里看电视是最安全的自保措施。

鑫龙夫妇深知不运动的后果，见状委婉说了她几句。她黑着脸，两腮鼓得像气球。吓得他们不敢再多言半句。

原指望岳母来能帮忙带孩子，鑫龙可以借口把保姆辞掉，节省一笔开支。殊不知，她连出门上街买菜都抗拒万分，沉浸于抗日神剧的打打杀杀中不能自拔——现实生活中不用跟丈夫开战，在电视里看别人开战也不错。

未参与过任何广场舞集结行动就下结论人家挂羊头卖狗肉，干伤风败德的事，纯属其个人臆想。后来因为缺少运动，她的各种疾病渐渐冒出来，高血压、糖尿病、脑梗死等一并发作。终于过上了衣来伸手、饭来张口的生活，她水蛭似的黏在鑫龙家。

人来到世上时是天使，离开时变成魔鬼，是人间太可怕还是上天故意安排？

有一种说法是怕老人离开后家人伤心，上天就把人变得各种"作"，将儿女的感情一点点消磨掉，老人走时儿女也就不伤心了，能快速恢复正常生活。这是一种爱的保护。老天爷的安排一向自有道理。

作为护士长，鑫龙老婆对病人温柔体贴，可在家强悍本性暴露无遗，不容鑫龙有置喙的余地。听说电视的主播也有类似通病，镜头前口若悬河滔滔不绝，回到家就不想说话，俗称"下班沉默症"。工作上温柔体贴，那是职业要求；回到家不用藏着掖着，可将本性尽情释放。所以很多人对外人客客气气，对家人苛刻挑剔，怎么看怎么不顺眼。

俗话说，龙生龙，凤生凤。原生家庭影响深远，有其母必有其女。自小在父母的斗争中长大，鑫龙老婆自然虎母无犬女，学得一身"好"本领。

鑫龙有苦难言，亦不敢在太岁头上动土，一味言听计从。

他用"忍一时风平浪静，退一步海阔天空"来劝诫和安慰自己，以免发展下去得继承岳父母的衣钵，"发扬"争强好斗的"精神"，甚至发生家庭惨案。

他母亲去世得早，否则一山不能容二虎，场面更难收拾。然而如此说来，仿佛母亲去世得早是幸事，显得太没良心。

早年他父亲在老家，洗澡不小心摔了一跤，痛得站不起来，喊了半天才被邻居搭救。这一跤摔得老人家心里有了阴影，也摔得鑫龙心里有了阴影。

听到独居老人死了几天才被发现的新闻，鑫龙想到连岳母都能沾他的光，父亲辛苦一辈子却孤苦伶仃在老家独自生活，不免良心不安。

尽管家里地方不大，他还是向老婆表示了要接父亲过来同住的孝心。老婆默不作声，算是同意。于是，他风满兜尘满兜地跨越千山万水，回到久别的故乡，把老父亲接了来。

然而父亲进门还没开口说什么，岳母心里反倒有意见，像是这位亲家翁鸠占鹊巢。表面上她客套一番，同在沙发坐下，热络地说可算有伴了，平时自个儿在家闷得很。

孙子孙女看着陌生的爷爷，远远地站着，不敢靠近。他从家乡带来两袋土特产，递给他们不接，怯生生地看着这个不速之客闯进家门。

老人家上前想抱抱孙子，孙子躲避不及，被一把抱住，吓得放声大哭，怎么哄也无济于事。一直以来，他们眼里只有外婆，没有爷爷。

鑫龙在旁边赶紧哄说："这是爷爷啊，爷爷疼浩浩，不要怕，不要怕喔！"

几天下来，二老相安无事，看似说话投机、性格投契，鑫龙初步松了口气。

他不担心父亲会引起争端，只担心岳母好战的性格会挑起战事。他们从来没有签订过任何和平条约，即使签了，也难保不会开战。毕竟岳母跟岳父是水火不容惯了的，习惯成自然。

然而有生之年，狭路相逢，终不能幸免。

　　鑫龙父亲看不惯老太太对儿子指来点去，心里的不快越积越多。而岳母一张老脸常常也拉得比驴的长，新的二人世界大战似乎要一触即发。鑫龙被两端夹攻，两面不是人。

　　"幸好"没多久，岳母中风瘫痪，躺在床上，终日需要人侍奉她吃喝拉撒睡。洗不完的床单，抹不尽的地板，任谁都不好应付。保姆又不是三头六臂的哪吒，时间长了，再好的脾气也化作怨气。她表示再这样下去就裸辞不干了——保姆新从她儿子那里学会的"裸辞"这个词。

　　鑫龙夫妇没办法，现在好的保姆难请，即使换一个人，估计也干不长久。

　　家里的负担重，压力大，工作晋升无望，鑫龙苦不堪言，寻思着怎么开口将岳母送走。偏他又是个怕老婆的，尽管他不承认。别人说他"老婆奴"，他拿"怕老婆会发达"来狡辩和自我安慰，可是这么多年过去也不见他发达到多厉害。

　　没想到未等他开口，深明大义的老婆说："这样下去不是长久之计，要么将老妈送回老家，要么送到养老院。"老婆打电话给两个姐妹，不愧是亲姐妹，口径一致地拒绝。

　　她们早已商量好，请神容易送神难，一旦开了个头就不好收尾。母亲在鑫龙家生活，姐妹们一直觉得母亲偏心，帮鑫龙带小孩做家务，减轻不少负担。如今有病总不能置之不理，得了好处就应该尽责，不能病了才由她们照顾。

商议不下，最后决定每月给养老院进贡几千元，将岳母送了进去。

送走那天，鑫龙骤然感到天高地阔，心情大悦，如同送走了赖在家里不肯走的瘟神。他撸起衣袖协助搞卫生，将家里里里外外清洁彻底，仿佛连同看不见的晦气也一起打扫了出去。

老婆看他喜形于色，不免不悦，但没有说什么。凭良心说句公道话，这些年来，他侍奉岳母，不能说不尽心，自问没几个女婿能像他这样尽心尽力的。

鑫龙父亲自告奋勇帮忙接送孙女上下学。在农村生活惯了，用不惯保姆，建议鑫龙把保姆辞掉。他心疼儿子，只能用这样的方式为儿子减轻负担，节省开支。

担心父亲累着，鑫龙不说话，心里酸酸的，到底是父亲心疼自己。"养儿一百岁，长忧九十九"，父亲见他面色犹豫，拍着胸脯表示，相比耕田种地，家务活根本不值一提。

父亲爱看电视，但不沉迷。他不热衷群体活动，对城里人跳广场舞的活动不感兴趣，但也不揣测人家是否醉翁之意不在酒。

家里搞卫生，做饭洗碗，这些在农村做了一辈子的熟手活儿，功夫自不在话下。鑫龙心里感激父亲通情达理，处处为自己着想。父子毕竟是父子，父亲毕竟是亲生父亲。

然而他岳母进了养老院并非一劳永逸的事。辞退保姆的那笔开支，终是省不了。本来支给保姆，保姆能分担家务，将家里收拾得齐整干净。而给养老院，相当于只有付出而没有回报，家里捞不着好处。

鑫龙老婆三姐妹，本该出资分摊费用，然而姐姐和妹妹远在千里之外的老家，经济能力又有限。每次叫鑫龙代为垫付，总是垫了便垫了，往后绝口不提还钱。因为不好意思，怕提到钱，她们干脆过年也不来探望母亲。

这年头，欠债的是大爷，讨债的是孙子。

四

　　这日早上，斯辰旁边的饮水机没水了。他们公司女多男少，他们这一排只有他一个男的。作为听着"三个和尚没水喝"故事长大的一代，最先发现没水的两个女同事商议担起换水的重任，搭档着去存放桶装水的杂物房合力搬水。

　　虽说妇女能顶半边天，但女同事素来身娇肉贵，干这等体力活显得吃力。她们颤巍巍地抬着一桶纯净水过来，鑫龙迎面经过却好像失去了视力，飘然而过。

　　而斯辰的眼角余光瞥得清清楚楚，可像《星语心愿》唱的："眼睁睁地看着你，却无能为力。"去年他动过疝气手术，不敢贸然充英雄，以免伤口发作后悔莫及。

　　他安坐于座位上，一副专心工作、"两耳不闻窗外事"的样子，装作忙得不可开交。

　　正在忙碌的保洁阿姨意味深长地瞥了斯辰一眼。他的脸火辣辣地红了起来。对面那个新来的女同事同样不知道隐情，无法直言，鄙视地望了他几眼。

斯辰岿然不动，恨不得找个地缝钻进去。他始终袖手旁观，椅子仿佛涂了强力胶水，将他的屁股牢牢地吸住，以防他逞一时之勇。

保洁阿姨实在看不过眼，停下手中的活，愤然去扛了几桶水过来。不愧是干惯体力活的，满装的水桶扛在肩膀上，她疾步走来而毫不费力。

事后，她对着一个女同事低声嘀咕道："那个白衣服的男孩怎么这么懒，看着两个女孩子费劲换水也不帮一下！"特地压低声音，又控制到恰当的分贝，足够让斯辰听见。

直至斯辰对面的男孩阿文分发荔枝，大家注意力的焦点才被转移开去。

阿文转正不久，是个沉默寡言、不起眼的小伙子。听说他三十多岁了还没交过女朋友。未婚者显得年轻，加上他个子矮小，看着不过二十有余。

他唯唯诺诺惯了，说话慢，音量低，像个大户人家怕事的家丁，叫干什么就干什么。他负责画施工图，可领导常派他出差，长驻工地做监工。

没有家累，出差包吃包住还有补贴，且不用画图，他非常愿意做这份差事，乐不思蜀。

在公司，大家没把他当一回事，做小伏低仍然不得团队的肯定——其他人嫌弃他做事磨磨蹭蹭，效率低。然而到了工地，他立马变成个小领导，很受工人尊重，都管他喊"刘总"，客气得近乎阿谀奉承。

在项目工地，他这里晃悠一圈，那里驻足一会儿，东瞧瞧西看看，盯着工人指指点点，很有领导风范。施工图全交由坐镇办公室的同事分摊，工地里遇着什么事，他解决不了，也没有决策权。业主若有什么意见，他权充个传声筒，只需回禀上级领导，依吩咐处理即可。

他来自著名的荔枝之乡高州，端午回去过节带了一箱新鲜的荔枝回来，慷慨地分给诸位同事品尝。同组的同事却一脸的不冷不热，不太领情——尽管那荔枝味甜汁多核小。

保洁阿姨百忙之中抽空过来吃了几颗荔枝，念念不忘"穿白衣服的懒小伙"。中午，她帮大家把饭菜放到微波炉加热时，故意将斯辰的排在最后以示惩戒。

下午四点，众人吃的荔枝和午饭已经消化得差不多了。阿宾笑嘻嘻走过来，双手搭在阿亮的肩膀上。阿亮抬头瞪了他一眼，作势将他推开道："看你一脸奸笑，又想过来我们这里搜刮民脂民膏了？走开走开！"

每逢阿宾过来就"损失惨重"的小媛也做赶客状道："昨天你才来把我的零食抢劫一空，今天没来得及进货你又来了。"说罢，拉开存放零食的抽屉，空空如也，证明没有骗他。

阿宾知道不受待见，但没有马上离开，眼睛滴溜溜地扫视了一周。他知道阿健肯定有存货，可是没有洗劫阿健的意思。站了一会儿，他自讨没趣地回座位去了。

自从疫情出现以来，阿健的忧患意识空前增强。那次他们小区封控了两个星期之后，他对一切可能发生的事情都未雨绸缪，提前做足了预防措施。据说他家有七八台冰箱，日常保持着丰富的物资储备，仍无法缓解一家人的焦虑症。

本着有备无患的原则，阿健生怕哪天公司遭到封控，因此买了很多零食回来囤着，不至于弹尽粮绝饿晕在办公室。

由于储备充足，又禁不住馋虫诱惑，他饼干、糖果、牛奶、水果不离嘴，吧唧吧唧吃个不停。仿佛世界末日即将来临，得赶紧"今朝有酒今朝醉"，及时行乐。三天两头就懊恼惊呼，感叹又胖了多少斤，然而他没有戒口的意思，继续不住口地吃，唯恐第二天失去进食的机会。他是"拆二代"，又是家中独生子，自小娇生惯养，没有兄弟姐妹给他机会练习分甘同味，来了公司大半年，从没拿过一颗糖果、半块饼干给同事分享。

阳春三月，回南天气势汹汹杀到。可能受季节变化的影响，他突然顿悟分享主义为何物，变得大方起来。像结婚派喜糖，他居然把深藏的零食拿出来分享，令人大跌眼镜。

生怕别人不要，他将零食硬塞到人家手上或直接放在桌面，热情得叫人措手不及。有点强迫人家的意思，非要人家领这份情不可。不要也得要，不要就是不给面子。

众人一片愕然，不知道他受了什么刺激以致性情大变，还是良心发现，想领略一把此前未曾体会过的施与的乐趣？但仔细看他送来的零食的生产日期，不由得眉头皱了起来。

广东回南天时节，到处湿答答的，空气中水汽充盈，关着门窗的办公室也不能幸免。因此，拆封了的饼干糖果容易受潮发霉，而牛奶眼看也马上过期了。阿健吃不完，与其扔掉那么麻烦，不如分给大家，还能博慷慨大方的名声。

听多了被数落是铁公鸡、吝啬鬼、自私鬼，他这回终于要做个好人给别人看看。可是大家对阿健的"好意"心领神会，担心吃坏肚子，悄悄将零食"喂"给了垃圾篓。

自此以后，即使最馋嘴的、有"强盗"之称的阿宾也没打过阿健的主意。

不过，三创公司是个大家庭，倡导的企业文化是"家庭文化"。行政人事在微信群里发布通知，开头必定是"各位亲爱的家人"，仿佛不这样不足以表达公司上下的亲密程度。

不少企业都推崇这样的"家庭文化"，老板宣称将员工视为家人，好让员工也把公司当家。收买人心，从口头上开始。把你当家人你就得卖力工作，为家庭尽心尽力、任劳任怨，加班加点也无怨无悔。

三创公司是正规公司，当然遵纪守法，从来没有开除过怀孕员工。但既然倡导"家庭文化"，自然得将公司打造得像个大家庭才名副其实。他们的工作氛围未必像家庭氛围，他们的办公室却仿佛聚居的大屋。屋内没有墙，即使有也是透风的墙、透明的墙。

南美洲亚马孙河流域热带雨林的蝴蝶偶尔扇动几下翅膀，可能在两周后引起美国得克萨斯州的一场龙卷风，这叫"蝴蝶效应"。网络上的"鸡汤文"也经常说："请不要把秘密告诉风，因为风会把你的秘密告诉整个森林。"

他们公司藏不住秘密，有什么风吹草动所有人都能知道。好像树叶动了一下，整座森林都会感应，摇晃起来。最受瞩目的是老板，悄悄说一句要处罚某个员工或颁布什么规章制度，立马产生轰动。

　　消息尚未正式公布，不用半天即可传遍整个公司，继而引发一场属于他们公司的海啸地震。这现象跟信息时代的发展一致——新闻媒介的传播速度越来越快。

　　娱乐明星的私生活是粉丝的公共话题，谁都能八卦两句。廖琪芸作为公司的"明星"，她的私生活自然也是公司公共资产的一部分，为员工乐意关注的焦点和津津乐道的话题。

　　员工交头接耳地数落廖琪芸的吝啬苛刻、偷奸耍滑。八卦她对自己无比大方，买起东西来毫不手软，不管多贵，结账时眼睛从不眨一下。

　　她有钱后像吃了酵母粉，膨胀得厉害，简直一发不可收拾。起先，她把车子换了，把房子换了，最后连老公也换了。当然，换老公的事情不能全怪她。

　　有人批评廖琪芸肉眼可见地贪得无厌、欲壑难填。

　　她对自我膨胀严重的事实浑然不知，也没有人告诉她。员工说每次见到她就会联想到紫薯馒头，因为她爱穿紫色裙子，也因为她的膨胀。

　　根据熟悉掌故的老同事说，当年她跟一个客户在酒店缠绵，不知道丈夫请了私家侦探还是在她身边安插了眼线，带着大队人马闻讯而来，张牙舞爪闯进去。

　　那客户躲避不及，赤身裸体翻窗户站到空调外机上，吓得手软脚软，险些从六楼坠下去。客户事后心有余悸地说这是一生最漫长的三分钟——比较起来，球场上的"黑色三分钟"实在不算一回事。

　　差点闹出人命，警察来了。客户是有头有脸的人物，因为跟有夫之妇发生不正当关系，牵连出其他违法乱纪的行为而身败名裂。这一度成为公司这座"围城"的城中热门话题。

　　当然，这些都是传言，不一定百分百作得了准。但到底有点事实根据，并非凭空捏造，故而对当事人产生了一定的杀伤力。

　　有个女明星说："做女人难，做成功的女人更难，做成功的名女人更是难上加难。"廖琪芸不由得感慨系之，将自己归入后两类。

　　批评美貌的人，通常是说其没气质；攻击有才华的人，则数落其长相吓人；而对于道德败坏的人，可以对其容貌与气质进行双重打击。因为最后的这种人最不得人心，怎么抨击都能引起共鸣。有才华而没有用在正道上不如没有才华，有容貌而行祸国殃民之事亦必须予以全盘否定。至于人格，道德败坏的人当然是没有的。反正，想批判、造谣和中伤一个人，怎么样都能找到切入点，说哪儿哪儿都不堪，方能表达对其的厌恶。

许多人当面何尝不奉承着，转过身就将人家说得一文不值、十恶不赦。

在背后，员工们对老板说三道四、评头品足，当面还是恭恭敬敬，面带笑容一声声"廖董、廖董"地喊，又甜又脆。

各部门像武侠小说的帮派，分门立派地组成不同的小朝廷，个个不甘示弱地在老板跟前争宠。

廖琪芸三十八岁，有人说她长得一言难尽。但实话实说，单纯评价外貌，谈不上出众但也不算太差。原本她有着饱满的额头、圆润的脸，比较符合算命先生点评的"福相"。

不暴躁的时候，她笑起来眉眼弯弯，称得上一团和气。即使笑里藏刀，也比《绝代双骄》十大恶人之一的哈哈儿更和善。

对年纪不上不下的女人来说，年龄是个禁忌的话题。那是不能说的秘密，不能轻易触碰。似乎不说出来就真会年轻几岁——能幻想自己仍然貌美如花、身轻如燕，所以闭口不谈。

廖琪芸理想中的自己身材苗条，像羽毛般轻盈，如风一样灵动。可惜天不遂人愿，她打小就没有轻盈灵动过，至少没有被谁这样夸赞过。长大后，美容院说她皮肤差，理发店说她头发干枯，养生馆说她哪儿哪儿都欠佳，只有服装店说她身材好，穿啥都好看。

如果一定要找个带"风"的词来形容，有人说她走路"风风火火"，可并不轻飘飘。她羡慕那些近乎骨瘦如柴、袅娜如烟的女子。因不曾拥有，得不到的东西在想象中永远最好。

廖琪芸自我陶醉的本领，全公司皆知。假使网络红人凤姐没有出走美国，或能与她称姐道妹，叫许多狂妄的男人自愧不如。

频频出没于各种座谈会、研讨会，流连于爱心捐赠活动、项目签约仪式等，她像花丛中忙碌穿梭的彩蝶，对着客户挤眉弄眼、发嗲撒娇。

有的客户一脸嫌弃。生得美丽脱俗也就算了，偏又生得这样庸常普通。

幸好她深知单靠化妆品和手术刀修补是不够的，还要加一点艺术才华来点缀。

别看廖琪芸整天顾着赚钱，偶尔也会风雅一把，画几幅国画来展露才艺，收获一片赞叹之声。她认识一位颇有名气的女画家。初时像所有未入门的学徒，她对才华横溢的老师非常虚心拜服，对其声望和地位仰视、尊敬。

时间长了，她发现这位老师最喜欢临摹时尚画报和潮流杂志的摄影作品——变着花样将别人千姿百态的照片转换成水墨画，仰慕便变成了鄙视。

廖琪芸自觉窥探到了艺术的精髓，也自负能成为出色的画家。将图片稍做改动变成国画，不用动脑思考，处理得巧妙些，一般人真看不出来。

谁会想到一幅精彩绝伦的水墨丹青，创意竟来自时尚画报，是跨界从摄影界"偷师"来的呢？若担心国内的刊物容易被人瞧见、揭发，从国外的杂志寻找灵感最安全。难怪女画家喜欢画人物画，尤其画女性，因为时尚杂志有的是模特儿。

习得"真传"，廖琪芸很快便"出师"，着手收集国外的知名杂志，囤积起来像一个灵感宝库，时不时挖掘几本出来，作参考借鉴之用。

间或得空，她呼朋引伴来"雅聚"，茶余饭后露一手给大家瞧瞧，开开眼界以增见识。当然，在高手云集的场合她倒知趣不卖弄，免得招来班门弄斧的嫌疑。

跟她往来的商界友人居多，众星捧月似的围着看她挥毫泼墨，龙飞凤舞。他们不懂门道，无法辨别美丑与指点赐教，任由她肆无忌惮，心安理得"献丑"。他们只需奉公尽职地鼓掌叫好。想跟她合作的人更是大献殷勤，手掌拍得生疼，大有"拍烂手掌"的架势。

画画和写文章一样，除了抄袭和模仿横行之外，同行相轻也很严重，画得好别人未必真的心悦诚服。在非行家跟前，例如靠她发工资的，需对她讨好奉承、恭维不断的下属，即便真献了"丑"也未必被看穿，只会一味赏识叹服她多才多艺，欣羡不已。

有现成的东西照搬，用不着苦思冥想，真是一条成功捷径。她高兴掌握了艺术的"奥秘"，将这一招学以致用，应用在项目设计上，谦虚地表示在"学习别人的长处"。

直属廖琪芸管辖的总裁办只有男人。按理应该配个女人才对，女人通常比较细心，适合做办公室的工作。但长得不好看的，她嫌弃；长得年轻漂亮的，她又不乐意，因为带出去应酬，容易分散客户的注意力。

她以前那些女助理、女秘书，没一个做得长久。同性相斥，她受不了女人，女人也受不了她。只有听教听话、长相不具威胁性的男人最适合常伴其左右。

能把公司开到这么大，养着几百号员工，来来去去仍能保持稳定数量，不得不承认廖琪芸有些能耐，够得上年轻有为。

亮相机会多，接触政商界成功人士不少，她自信是全场瞩目的焦点，万众期待的女企业家。她唯独不够自信的是容貌。因此报道上面她的配图必须经过反复"无痛整容"，方能展示给读者欣赏。

活在"美颜"时代，廖琪芸幸运地成了摄影和修图技术发展的得益者。爱美之心，人皆有之。修图算不上多高难度，对有丰富经验的平面设计师而言，简直是"小儿科"。

为了投其所好，设计师不得不违心帮她把三十寸的腰围修成二十寸，大圆脸变成瓜子脸，务求以最佳形象示人。如果他们花了一个下午修出来的效果她不满意，就继续修，一连修好几天，直至她满意为止。

廖琪芸不甘心只是照片上才拥有瓜子脸、黄蜂腰。身高——这先天劣势难以周全，五官可是能借助外力稍做修葺加以弥补的。她的"发祥地"是整容技术在国内数一数二的江南，那里直播行业发展成熟，流行网红脸，她便立意把脸整成一件符合潮流的艺术品。

追根溯源，廖琪芸对整容的热衷是有原因、有内情的。花一样的年纪，在情窦初开的时期，她喜欢上一个男生，不料他对她的评价是"简直不像女人"。他喜欢班上一个脸小的女生。而她那时大圆脸，要强，彪悍，剪着干脆利落的短发，揎拳捋袖与男同学打架。

年少懵懂的爱，朦朦胧胧，第一次爱的人最刻骨铭心。

那男生的评价杀伤力惊人，使她经年累月了还记得。所以哲学家叔本华说："人性最特别的一个弱点是，太在意别人如何看待自己。"

想得到的人没有得到，她没有像善于自我安慰的狐狸说够不着的葡萄是酸的。她曾在很长一段时间都觉得他是世上最好的男子，她永远最爱的人。

直至多年后，他变成了邋遢油腻的大叔。她只觉得鄙厌，不堪入目。从同学口中得知，他婚后接替父亲经营五金店，每天忙得蓬头垢面。她懊悔不已，这样的男人居然是自己当年芳心暗许的对象，简直惨不忍睹、不堪回首！

看他不成器的样子，她思来想去也不明白，当初究竟看上他哪一点。更不可思议的是单凭他一句话，她痛苦万分、念念不忘那么些年。

在冰天雪地的东北求学，她遇到了另一个男人。

大学毕业他们就结了婚，后来过了好多年后才生了个儿子。在家坐月子，寂寞深锁，漫漫长夜，不是给孩子喂奶就是把尿、换尿片。她包着碎花头巾，终日在屋里不敢出去，隔着玻璃门，望着阳台晾满的婴儿衣服。高楼与高楼之间的风吹过，悬挂着的衣服像蝴蝶扇动翅膀。

房门上贴着一个大大的"福"字，红底黄字。梳妆台的镜子，映着她走来走去，进进出出，从卧室到客厅，又从客厅到卧室。臃肿的身躯套着肥大的衣服，整个人像一头行动迟缓的大笨象，不施粉黛的脸苍白浮肿。

靠窗的墙壁挂着一串风铃，关严密的窗没让一丝风进来。风铃静静地挂着，她用手轻轻拨了一下，风铃发出细碎的音符。

怀里的孩子穿着碎花小袄，睁着似睡非睡的小眼睛，出神地看着她。听见铃声，他咧嘴笑了，欢乐地扑腾着双手，双腿蹬个不停。

人年轻时总觉得人生漫漫，看不到尽头。然而女人的一生，最好的时光也就那么几年。如果不开心，即使活到一百岁，又有什么意思？她反反复复思考这个问题。

当然，抑郁症是没有的，只有一点不甘心，不甘心休完产假回去干那一眼望得到头的工作。

思前想后，她决定将城里的房子卖掉，回老家创业。丈夫不同意，最终还是拗不过她。

凭着那股不服输的狠劲，她既当老板又做员工地拉业务、托关系、找客源，没日没夜。为了公司，廖琪芸牺牲了许多。有些牺牲，连丈夫都不知道。

"人为刀俎，我为鱼肉"，每想到那些能做她父亲的男人，她就禁不住一阵阵恶心。好在一切都有个目的。

很快，公司有了起色，团队不断壮大，五个人发展到十个人、二十个人、五十个人……项目一个接一个。她不辞辛劳，南下北上，只要有活干，多远的项目都接。

那时候，她天天早出晚归，没有假期，没有周末，没有休息，披星戴月地赶高铁，风尘仆仆地赶飞机，顾不上刚刚断奶的孩子。

丈夫出轨了，对象是她最好的闺密。双重背叛使她恨得咬牙切齿。从那时候起，她变得心狠手辣。

闺密又是脸小的女人，廖琪芸认准她的狐媚来源于此。

几次手术后，她的单眼皮变双眼皮，鼻子垫高，胸部也变挺了。

前两次，国内整形医生的技术不到家，手术做得不彻底，她五官看起来十分别扭——变形的易碎产品，连万能的"美颜相机"也拯救不了。她不满意，跑到技术先进的国外去跟手术刀较劲。长得不好看又不上相的人，要用双倍的努力，才能挽救天生的缺陷。

她父母内心五味杂陈，自责基因不好连累了她。

她终于感觉自己容貌与大众审美靠拢。脸变尖、变小了。尖得尖酸刻薄，小得凌厉逼人。不管是否自欺欺人，她感到无与伦比的快乐和自信倒是真的。

这是好事，就像网络上很流行的那句话："你开心就好。"

人生难得糊涂，无比清醒的人往往痛苦。

这些年，廖琪芸在男人主导的行业里杀出一条活路，不知吃过多少苦，赔过多少笑脸，被多少色中饿鬼揩过油、占过便宜。成功了，难道还不够资格任性一点？

在外面，她挺直腰杆去参加应酬活动，被人当贵宾看待；在公司，一大帮人供她使唤，将他们呼来叱去，仍然对她毕恭毕敬。她成为这些人的衣食父母、"米饭班主"。然而她廖琪芸所求的远远不止这些。

她没有听特雷莎修女说过："你拥有的越多，你就越忙碌。你拥有的越少，你就越自由。"

五

　　夏天的午后，过云雨像个粗暴的访客，说来就来，倾盆
而下，但来得快，去得也快。

　　雨后的阳光在湿淋淋的树叶和青草上闪烁，比钻石还要
璀璨夺目。然而越美丽越毒辣，地面的水很快就被蒸发掉。

　　在静静的办公室，大家正在埋头工作，突然闯进一个
五六岁的小男孩。生得虎头虎脑，骨碌碌的小眼睛转来转
去，神气活现。他手里拿着一支造型新颖的玩具枪，样子比
真的手持机关枪还要神气。

　　一进门，他就欢呼雀跃、大喊大叫，绕着办公室到处乱
跑，好像鬼子进村，对着大家一顿扫射。估计是抗日类的电
视剧看多了，模仿得惟妙惟肖。疯狂扫射一遍还不过瘾，他
警惕性极高，唯恐有贪生怕死之徒装死，再瞄准几个长得高
大的男生多补几枪方才鸣金收兵。因为没有子弹，只好嘴里

发出"嗒嗒嗒"的声音，一面跑一面叫着、喊着加点音效。

那孩子太极八卦图似的圆脸，塌鼻子、淡眉毛，好像幼儿园的小朋友用铅笔轻轻画上去的。小眼睛，笑不笑都是两条缝，细得连细菌都钻不进去。滚圆的脸仿佛是一张洁白的打印纸，要是用橡皮一擦，眼睛、眉毛、鼻子顿时消失得无影无踪，唯剩两片赤红的小香肠嘴。

他一刻不停地乱跑，满脸的志得意满。他后面的老太太走得踉踉跄跄，有气无力地喊："你这淘气的孩子，又去给哥哥姐姐捣乱！"但他忽然变成了外星人，听不懂地球人的话，依然横冲直撞，模仿《西游记》里的孙悟空。

如果是自家孩子，这样活泼调皮不怯生，一般会视之为可爱。但大家对这个突然入侵的陌生小孩没有好感，只有好奇、反感，更多是生气："哪儿来的小屁孩？没大没小的，一点家教也没有。"小孩对大家一顿"狂轰滥炸"之后，得意地做个鬼脸，雄赳赳气昂昂地去了前台。

平白无故地被人"枪毙"，伤害性不大，侮辱性极强。年轻气盛的小伙子揎拳捋袖，准备冲过去教训一下这个不知天高地厚的小孩。然而义愤填膺者很快偃旗息鼓，到了嘴边的话硬生生被逼回肚子——因为小孩后面的老太太。

老太太腰粗膀圆，活像一只滚动的水桶，可滚动的速度慢，追不上敏捷灵活的小孩。她像被戏耍的太白金星，赶不及跑到前头制止，停下来只顾着不停地喘气。阻挡不住，唯有任由他闹去，先把气缓过来，再化身如来佛祖收拾他。

她是廖琪芸的母亲，小男孩是她的外孙。原来是廖琪芸的儿子，难怪有恃无恐。

满面怒容的人像川剧变脸，立刻笑容可掬。预备训斥、恐吓、羞辱的话全成了赞美恭维之词："这小孩子好可爱噢，原来是廖董的公子呀！真是活泼机灵，一看就是个聪明的孩子。"可是廖董的孩子受惯了称赞，并不受用。他向来无法无天，得理不饶人，无理搅三分。

像齐天大圣孙悟空大闹天宫，小孩把大办公室闹得鸡飞狗跳后，来不及打扫战场，又跑到鑫龙的办公室一顿扫射。他像土豪恶霸般气焰嚣张，不可一世，杀了鑫龙一个措手不及。

刚看完美国得克萨斯州发生枪击事件的新闻，鑫龙对枪支这种危险物品惊魂未定。突然被一个毛发尚未长全的小孩拿着枪对自己扫射，着实吓了一跳，险些躲到桌子底下。

幸好全是虚发，虚惊一场。枪口没有子弹射出来，也没有冒烟，倒让他的心瞬间走火。

他心里的火噗地燃起来，火苗蹿得老高，凶神恶煞道："哎呀！你这小屁孩哪儿来的？咋这么没礼貌？你妈妈不教你的吗？！"

小孩嘟起嘴一言不发，轻蔑地白了他一眼，耀武扬威的神情叫人不能相信这是个五六岁的小人儿。

被戏耍被轻视，鑫龙四顾无人，想大声质问："谁家的孩子？这样没家教？谁把孩子带到公司的？对枪支管控如此不力，任由一个小孩子拿来？"

小孩子玩过瘾了，没等他开口便哈哈狂笑，胜利且得意地狂笑。见鑫龙发威要扑出来，双脚像穿了溜冰鞋似的溜了，出了门还听到他的笑声在走廊回荡。

虽是玩具枪，也没有子弹，但极易伤及无辜——把人吓得犯心脏病。且小孩子目空一切的神气，将鑫龙气得怒不可遏。正待发作，只见孩子扑向门口一个身影，直喊"妈妈"，正是廖琪芸。鑫龙忙跟出来说："好伶俐的孩子，叔叔请你吃糖。"转身去拿糖。

上次销售经理卢彩艳结婚派喜糖，红枣、花生、甜榄、喜饼他都吃完了。剩下两颗糖硬得像石头，他不爱吃，放在抽屉里快两个月了。

他先把糖放在身后，走到孩子面前才掏出来，满心期待对方会高兴地接受礼物，并甜甜地说"谢谢叔叔"。

没想到，孩子接过糖果马上当手榴弹砸向他额头，然后嬉笑着跑了。鑫龙压着怒火，笑容可掬道："哟，还是个左撇子呀，将来一定很聪明！"

廖琪芸下午去幼儿园参加亲子活动，结束得早，孩子缠着跟了来。她知道这种情况不能太多，容易影响大家的工作，因为阵仗太大。

跟其他公司一样，老板的孩子光临，有的员工便乘机偷懒，众星捧月地将小孩子围着，像伺候皇子公主。未来"皇位"的接班人，必须搞好关系。

在西方的家庭，孩子可以直呼父母的名字，但在中国少有孩子敢如此胆大妄为。我们几千年来的传统，为尊者讳，为长者讳。这样的文化差异，在企业同样体现明显。虽说现代企业管理层的权威有所下降，但不少员工仍像着了魔般把老板捧得像皇帝。

他们的"皇子""公主"年纪虽小，脾气却不小。在家被爷爷奶奶、外公外婆宠惯，刁蛮任性，一旦随大人过来巡视，同样目空一切，有恃无恐。一会儿跑来这个员工处揪一揪头发，一会儿跑到那个员工的桌面上拿走一支笔。

反正这是他们爸妈的公司，公司的东西就是他们的东西，谁也奈何不了他们。

员工被打扰又不好发作，只好连哄带骗地讨好小魔星。但越这样，"皇子""公主"们越得意，知道大家不看僧面也要看佛面。有做老板的爸妈，不出出风头岂非太对不起自己？

于是他们愈发开心，哇哇大叫地跑来跑去，办公场所变成娱乐场所，嘻嘻哈哈的，为公司增添无尽的欢乐和笑声。

老板们向来注重孩子的培养——培养他们的领导气质。不仅对捣乱行为视而不见，反而觉得自家孩子威风八面，很有当老板的潜质。他们话里话外的鼓励、表扬、默许、纵容，直接导致"富不过三代"。

公司团建，拓展训练、烧烤、聚餐，或者旅游，老板们必定拖家带口、合家欢乐。夫妻齐上阵，孩子和两边的父母也不缺席。总之，一家大小全员出动，一派几代同堂、其乐融融的气氛。游戏环节，老人小孩不上场"杀敌"，也充当观众或评委，与众同乐。

如此一来，女老板虚荣心得到极大的满足，树立夫妻恩爱、婆媳和睦、事业家庭双丰收的新时代女性榜样；男老板让人羡慕不已，打消夫妻不和、拈花惹草和金屋藏娇的传闻，力证其父慈子孝、忠贞不渝的好丈夫形象。

他们用实际行动激励员工努力工作，争取做事业成功、家庭幸福的人生赢家。

然而有的人，该打脸的时候还得打脸。飞黄腾达之后，找"小三""小四""小五"的人比比皆是，不计其数——尽管大家周围不乏夫妻恩爱、白头偕老的案例。

出轨、离婚、再婚、再出轨、再离婚……人生像一出冗长的闹剧，新情节持续上演。撕破美丽的假面纱，赤裸裸地证明每一次作秀不过是笑话，而且是大笑话。

恩不恩爱，忠不忠贞，时间都会证明，用不着秀出来。只是有些人爱"秀"的天性就像得了帕金森的老人，手不受控制地抖，病症暴露无遗。

当然，一种米养百种人。人性复杂，不能说所有人都不能免俗。若武断批评女强人廖琪芸抛弃"糟糠之夫"，是明显有失偏颇的。毕竟人家夫妻间的事，旁人很难判定孰是孰非。

在三创公司，廖琪芸是这个小国度的女王，随心所欲。一会儿召见这个，一会儿召见那个，且不是直接通知被召见的人进来，而是找前台文员去通知。

前台文员接到指令，像宫女太监手捧"圣旨"似的，大摇大摆地找到"觐见者"，领着对方"觐见"。

在门口，"觐见者"轻轻敲了敲门，仿佛在问："有人在家吗？我可以进来吗？"听得里面恩准，才轻手轻脚进去。这像极了官员面圣，就差跪下来叩头高呼："吾皇万岁万万岁！"

每逢公司有重大活动，品牌部就如临大敌，忙得鸡飞狗跳。最惨的莫过于底下的编辑，写稿不痛苦，痛苦的是改稿。每次非改到脱掉一层皮不可。

廖琪芸重视宣传，一切对外的文稿，必定亲自过目。身为公司集权者，她自觉忙得堪比国家领导人，日理万机，还要理会小事，一次次怒骂下面的人不济事，偏又不肯放权。

老板没拍板定夺，鑫龙不敢提前下班，装作忙进忙出，对下属指指点点。文字性的东西往往牵一发而动全身，一个字一个句子都可以变着花样改。负责指挥的人站着说话不腰疼，执行者却被折腾得焦头烂额。

一通瞎指挥，大家都没了脾气。工作效率令人不敢恭维，然而一帮人七嘴八舌地讨论最显示企业民主，又证明工作氛围热烈。

有人的个性签名写着："你爱我没用，我爱工作。"一个爱岗敬业的光辉形象呼之欲出。老板夸赞两句，立刻委委屈屈诉苦，说加班加点，忙得昏天黑地，模样令人动容。

这样精湛的演技绝对可在各大影视颁奖典礼封帝称后。

如果没有，那一定是包括奥斯卡金像奖在内的评委有眼不识泰山，欠他们一座闪闪发光的"小金人"。

多少人天生具有演戏的潜质，没机会当演员绝对是人类的浪费。

初来乍到，地位尚未稳固，鑫龙拉着几个下属加班。怕担责，部门每写一篇推文，就发到工作群里让大家提意见。老板没回复，他们就等着，申请加班。即使下班了，若无定论，便须时刻留意群里的动静，第一时间做出回应。

一切所作所为看似广纳言路、胸襟豁达，实则推卸责任、分摊责任。反正发到群里，按照大家的意见改，错了也是一起错。论理，专业人干专业事，不应该那么多人说三道四。

这不能全怪鑫龙，他吃过这方面的亏，怕了，才学聪明了。发出来，让大家把关，说他没主见；不发出来，又说他自作主张。出了问题他担待不起，干脆拉上所有人一起"陪葬"。

对于审稿这件事，起初大家非常热心。个个积极献言献策，非在鸡蛋里挑出几根骨头不可。激烈程度虽比不上唇枪舌剑的辩论赛，恐怕也差不了多少。

大家你一言我一语地讨论个不眠不休。有的躺在家里的沙发上看电视，还不时在微信群里发一两句意见，证明忙得没日没夜。动动嘴皮又不费劲，若担心说错话，不妨最后来一句："我只是提点意见，你们是专业的，你们最终定夺。"如此一来，出错了也不用负主要责任。

凌晨三点，有人起来解手还发表意见或者点赞，说一句"辛苦了"。目的不在关心工作进度，而在告诉大家自己没有闲着，尽心尽力为工作操心操劳以致废寝忘食、夙夜难寐。半夜三更的，最能体现劳苦功高，年底评优评先有戏了。

鸡一嘴鸭一嘴地喋喋不休，可苦了改稿的人，意见太多太杂乱，看得发了蒙，竟无从下手修改。气血上涌，仿佛心里装着一枚炸弹，随时可能爆炸。大半天，乃至连续几天，讨论来讨论去也没个定论。

言多必失，说多容易错多，最后还得老板发号施令。结果，大家又走向另一个极端——不吱声了。最后一致裁定，导致如此局面的罪魁祸首是鑫龙为首的品牌部在表演"甩锅"绝技。

为了等老板的终审意见，他们在办公室一等就是几个小时。虽然申请了加班，加班补贴和调休则不一定有。

从前有调休，后来"努力加班"不被认可了。按人事部的说法，做那么多无用功导致加班，没有给予处罚以儆效尤已是万幸，还痴心妄想调休和补贴？为了避免得罪人和撇清责任，人事主管偷偷透露，这是老板的意思——就算不说，也猜得到。

千百年来，形式主义代代相传，衣钵传承到三创公司并成为公司的一大特色。

所有"老油条"都是由"傻白甜"成长起来的。曾经受过折磨的人，依葫芦画瓢地折磨新人，"长大后我就成了你"。仿佛不以牙还牙、以眼还眼地将苦痛转嫁出去，便对不起曾经受苦的自己。

如此严格的训练之下，新人们进步神速，学得一身"好"本领，反正上有政策下有对策。逼急了，"狗急跳墙"抗议，辞职不干。

"你做得快，老板会觉得你态度不认真，或者工作量不饱和，下次继续耗死你，或者给你加量。所以就算可以做得快，也要慢慢跟她耗。"

"同一部门，大家站在同一条战线，一荣俱荣，一损俱损。打一份工，何必搞得像上刀山下油锅？"

"你不让我好过，我也不让你好过，大不了两败俱伤！"

有些推文发不发根本没区别，即使一定要发，迟一点发也并不打紧。但老板就是看不得下属闲着，生怕他们太舒服，非要看他们忙得团团转，才认为没有白发工资。下属觉得怎么样都是被折磨，不"摸鱼"对不起自己。

鑫龙急于证明自身领导有方，对下属使劲施压，即使回家了，追魂夺命似的电话仍一个接一个。下面的人压着 肚子火气，像行尸走肉般执行。他加足马力催促，生怕慢了会被怪罪。越快越证明效率高，且要一次比一次快，方显得有进步。

鑫龙挥舞着指挥棒，不想走的人也被逼得非走不可。

设计师临走前跟他大闹一场，因为话说得难听，将鑫龙气得差点蹦上天花板。文案专员为了赶紧撤退，宁愿不要年终奖。

年终岁末难找工作，一般人都抱着好死不如赖活的心态，再怎么着也要熬到拿了年终奖，过完春节再走——春节后才是换工作的旺季。可他们说一刻也无法忍受，走得极为决绝。

然而廖琪芸却对鑫龙的工作态度赞赏有加，鼓励他再接再厉，多次在早会上予以表扬。

鑫龙大受鼓舞，感激老板赏识，大有赴汤蹈火、披荆斩棘亦在所不辞的决心，以报答其知遇之恩。

　　但随着时间推移，越往后，廖琪芸对他的工作表现越是无动于衷。

　　速度到达一定程度，快无可快之时，再怎么拼命也难看得出明显进步。倒不是当事人变得懈怠了。

　　下属认为鑫龙"坑上司，坑下属，坑自己"，简称"三坑"。如果一定要再来一"坑"，那就是"坑其他部门"。

　　鑫龙对这个称号浑然不知，知道的话要被气死。女儿荣膺"三好学生"，他却成了"三坑同事"。

六

有收藏癖的人，看到好东西总会忍不住想据为己有。

活了几十年，鑫龙的兴趣爱好不断变化，从小学到中学再到大学，他收集过玻璃弹珠、邮票、卡通贴纸、明星海报……随着年龄和时代的变化，一路演变。

人到中年，若再收集这些小物件，当然幼稚可笑。现在的他，既不像儿子那样喜欢收集机器人玩具——早已不是那个年纪，也不像他老爸喜欢收集古钱币——也许尚未到那个年纪。他想收藏古董，像青花瓷之类，可是实力不允许。虽不至于囊中羞涩，但资本尚不够雄厚，撑不起这个爱好。

刚出来工作那些年，他喜欢收集现金，收集到一定数额就存到银行去。留一部分塞在枕头底下，得空拿出来数数，很有满足感。现在电子支付技术发达，流行扫一扫二维码就把钱给付了。工资直接打到银行账户里头，除了一串数字，看不见、摸不着。

　　难得与现金见上一面，他起初还有点怅然若失。然而看着银行账户里那串数字日益增长，心里也是欢喜的，慢慢释然了。

　　装有几张零钞的钱包放在房间的抽屉里，因为用得少，经常忘了带。那是结婚之前老婆送的生日礼物，表皮早被磨损，他并不打算更新换代，倒不是念旧，而是用不着。

　　都说狡兔三窟，鑫龙不是狡猾的兔子，可是存钱也有好几个"窟"。除了移动支付，银行卡也有好几张。钱包塞着点现金，以备不时之需。固定存钱作为家用的账户，他老婆是知道的，其他的一律藏得如同人间蒸发，不为人知。他老婆被列为重点防范对象。

　　听说男人有钱就变坏，女人变坏就有钱。鑫龙老婆对这话的前半句深信不疑——至于后半句，别人她不敢打包票，她自信不会变坏。为防着鑫龙变坏，她时刻保持极高的警惕，把他的钱看得很紧。虽然没有全数占有，但收支数目清楚，不许他有富余的钱作乱。

　　间或超支，她便咬牙瞪眼道："钱一装你口袋会长牙似的，咬得你非花光不可。"

　　她占有他整个人尚不知足，恨不能将他所有工资据为己有。他想花钱，得找她"发工资"，而不是找老板。

百密一疏，鑫龙偶尔干点私活，或者炒股赚了，还是能偷偷存些私房钱的。因为数额不大且防范得当，没被发现。他一面偷着乐，一面继续努力地存，存了不动声色地花——这种偷偷摸摸地花的快乐比光明正大地花要放大双倍。

鑫龙做梦也想不到从前的集邮有一天会发展成为"集钱"。相对于其他能看不能吃亦不能用的小物件，他延伸出来的这个爱好，能给予他更大的满足感，也使他更为狂热。

鑫龙是个好男人，一个顾家的好男人。他的爱好不多，拈花惹草、找漂亮年轻的小姐玩儿的事情，他是没有的。勉强说他另有两个较为痴迷的爱好的话，就是喝茶和嗑瓜子。

他对喝茶情有独钟，遇着好茶，喜欢一品为快。一般人喜欢喝茶都会顺带"爱屋及乌"地喜欢收藏茶叶，而他没有。他只是喝，对收藏茶叶兴趣不大，喜欢当场拿来满足口欲。他不觉得这是怪事一桩。

爱喝茶，他品茶的道行或许比不上专业大师，但工多艺熟，还是能辨出个好歹来的。别人推荐的所谓上品，他一尝，哪个是好货，哪个是孬货，都逃不过他见多识广的舌头。

西湖龙井、洞庭碧螺春、黄山毛峰、庐山云雾茶、六安瓜片、君山银针、信阳毛尖、武夷岩茶、安溪铁观音、祁门红茶……中国有名的茶他喝过不少，格外钟爱西湖龙井。

刚好他们公司茶叶库存充足，常年备着一罐罐一盒盒的好茶给客户送礼，多是总公司的人从杭州带来的。

有客造访，以茶待客多于以酒待客。在广州生活多年，鑫龙将川渝人爱吃辣的天性丢得一干二净，广东人爱喝茶的习惯倒给他培养起来了。逢年过节，送不完或备着下次再送的存货总是有的。日常待客的罐装茶，开了封，再也关不住茶香，引诱他像犯罪般往茶室里钻。

来公司三个月，环境适应了，他顺利转正。工作初见成效，老板的脾性也捉摸到一定程度了。一切走上正轨，他的心态淡定很多，奋斗的劲头显然没有试用期那么足，放松了要求。

神经一松懈，他就不由自主地开始放纵自我。老板和同级别的同事一出差，公司便成了他的天下。他面带笑容地从办公室出来，喜悦地跑去待客的茶室。关起门来，烧一壶水，泡上一壶上等好茶，慢慢品尝。

"咕嘟咕嘟"，水烧开了，茶香氤氲的芬芳中，他狠狠地呷一口，然后"唉……"的一声，长叹一口气，表示很享受这片刻的休闲时光。

半只鸡蛋壳大小的紫砂杯子，盛着棕黄色的茶水，晶莹剔透如同琥珀，快要生出"葡萄美酒夜光杯"的诗意。只是分量太小，喝上好几口，人还不够神清气爽。

他"喔喔喔……"地打一个长长的哈欠，仰天往椅子背后一靠，双手左右横向舒展开来，伸直，张成个大大的"一"字。这懒腰伸得动作幅度太大，以致暴露了他又大又圆的肚子，还有紫红色的内裤边，直叫人大跌眼镜又不忍直视。

亏得没有旁人，不要紧。肢体无论如何恢复天性，动作如何肆意张扬，也不担心仪态不够端庄。他生动地诠释了什么叫放松状态——在家都不曾有过如此养尊处优的机会。

然而在会议上若失态地暴露天性，同事便忍不住偷偷发笑："白花花的赘肉袒露无遗，赤裸裸地向人展示什么叫作大腹便便和满肚肥肠。"

生活中很多小细节、小动作都会透露出人的心理和性格，比如，跟别人讲话时经常摸鼻子，这个动作在心理学中，被心理学家赫希称为"匹诺曹综合征"。

鑫龙的小动作、小习惯太多，下属们已经见怪不怪。当众锉指甲、嗑瓜子、剔牙、随地吐痰，忘拉裤链，在他身上时有发生。

有一次部门例行会议，他说到激动处忽地站起来，立刻暴露了裤链没有拉好。幸好有内裤打底，没有让人看到"漏网之鱼"，不然尴尬大了。

最先发现的几个女生霎时脸就红了，又不好意思提醒，只好不朝他看或者假装看不见。当时他正拿着笔在双面挂式磁性白板上描描画画，动作潇洒，神情投入，其他男生都不好打断。

待会议结束，男下属使个眼色，提醒他亡羊补牢。众目睽睽之下一个钟头了，一切为时已晚，但迟到的提醒总比他意识不到好。

他山之石，可以攻玉。三创公司向来强调"创造、创新、创意"，鼓励员工善于触类旁通。

每次开会，下属把鑫龙的形象问题看在眼里，记在心上。他们暗暗告诫自己，伸懒腰时不要把肚子和内裤露出来，上完厕所必须认真检查裤链有没有拉好，喝茶不能呼一口就"唉"一声……总之，言行举止不能丢人现眼。锉指甲、嗑瓜子、随地吐痰、剔牙、吹口哨、大口呷茶、拉长声音打哈欠……中年油腻男的小动作不能当众做，尤其不能当着下属的面做。

工作上的谆谆教导，下属们常常左耳进右耳出，没想到鑫龙用真实的"行为艺术"给他们上了一课。下班后下属们觉得很有恶补礼仪课的必要。

鑫龙的办公桌抽屉，永远少不了五花八门的零食。

他的最爱是瓜子。男下属很少有嗑瓜子的癖好，他们担心酒后失态比较多。女下属则面面相觑——像鑫龙这样将瓜子嗑得全场皆知，显然不是什么光彩的事。

闲来无事，鑫龙顶喜欢咔嚓咔嚓地嗑瓜子，像一只隐藏在暗处偷吃的老鼠。他嗑得太过着迷、全神贯注，以为很少有人知道，殊不知在公司已广为人知。

瓜子嗑多了容易上瘾，鑫龙自以为嗑得轻巧，且熟能生巧嗑得极快，嗑得响亮而浑然不觉。但同事听得清清楚楚，老板也闻声而至。

大家牙齿发酸，很担心会突然听到"咯嘣"一声，鑫龙将牙齿嗑掉了。

清洁阿姨不小心将垃圾篓放在距离较远的角落，他直接把瓜子壳吐到地上，有时又灵活地将壳吐过去，"噗噗噗"像发射空中导弹。然而吐得不够精准，瓜子壳的落点常在他意料之外。他用皮鞋轻轻拨作一堆，避免祸及自身，不小心踩中了要粘鞋底。

他很少愿意勉为其难，动手将垃圾篓设定在可控的射程范围之内。清洁阿姨若想减少自己的工作量，务必要留心把垃圾篓刚好摆放在他脚边。只有这样，瓜子壳从他嘴里凌空飞出时才能一吐即中，省事又省力。

时间长了，鑫龙的吐壳本领日益增强，吐得迅速又准确。功力深厚赶得上《神雕侠侣》里的裘千尺，大有与吐枣核钉的绝活一较高下的架势。

忙得一塌糊涂的人根本没闲情逸致嗑瓜子。

廖琪芸发现鑫龙嗑瓜子后，并没有投其所好地赠送几包瓜子表示对员工的关爱心意，而是不满他太清闲，嗑得这般明目张胆，影响大家的工作士气。

不能轻饶宽恕，她隔三岔五唤他过来汇报工作，好叫他嗑得不那么痛快。

嗑瓜子会产生动静，抠鼻子却不会。不嗑瓜子时，鑫龙像患了鼻炎似的抠鼻子。使劲抠啊抠，一有空就不停地抠。令人疑心他这样能抠出个三室一厅或者所罗门王宝藏，连阿里巴巴与四十大盗也自愧不如。

一个人的行为习惯和小动作都是在日常中形成的，在下意识间，会自然流露出来。正如著名牧师华理克说的："性格是习惯的综合，是习惯的表现。"鑫龙还会低头锉指甲，神情专注而深情。慢悠悠的，像抚慰一只惹人怜爱的小动物或心爱的纪念品。

坐久了，他站起来望望窗外的风景，提提神，吹吹口哨，扭扭腰舒展一下，活动活动筋骨，看看距离中午下班时间还有多久，提前十分钟出去吃午饭，不早也不晚。或者看看时间，计算送外卖的什么时候到，错开乘电梯的高峰期，提前到楼下候着。不能太早，容易引人注目。

午饭时间电梯的人特别多，几乎层层暂停，且向下走时只进不出，所以等候时间格外长。有时等了半天又挤不进去，得等好几趟。他身宽体胖，一进去别人就皱起眉头，满脸嫌弃。他战战兢兢，唯恐电梯发出超重警报。

他们公司楼层处于中间，电梯从上至下不断吸纳乘客，到他们这一层时里面的空隙往往已经所剩无几。体形庞大者进去，其他人所占有的空间立马被压缩。女士们对此情况尤其敏感，一挤就得格外留心，慎防色狼。

有一次，鑫龙刚踏进电梯便被提示超载，电梯发出凄厉的警报声，像被人狠狠踩了一脚地叫起来，尖锐而刺耳。其他人齐刷刷的目光统一聚焦到他身上，场面尴尬。他知趣地自动出局，众望所归。警报解除，电梯缓缓关上，剩下他一个人孤零零在外面等下一趟。

如果不点外卖，鑫龙通常会约上他以前单位的旧同事——一个二十来岁的小男孩过来例行小聚、吃午饭。就餐完毕，两人前后脚回来，双双走进茶室。

门是反锁的，只闻里面小声说大声笑，听不清他们说什么。偶尔传出来几声快活而突兀的笑声，无限神秘，引人遐想。

既然不是情侣，不能说他们"一日不见，如隔三秋"。他们像久别重逢的老友，经常在里面一直待到下午三点，鑫龙才推门出来。后面跟着那个娇滴滴的男孩，头戴鸭舌帽，走起路来轻盈婀娜，双手小幅度摆动如弱柳扶风。

他个子不高，身材瘦削，高高的鼻子与纤柔的脸略显犯冲，但并不妨碍他小鸟依人的气质。时下年轻男孩仿佛很流行这种做派，比女子还"我见犹怜"，似乎天生需要人疼爱。

鑫龙习惯了"只许州官放火，不许百姓点灯"。下属迟到一分钟，他将人家批评得狗血淋头，发动微信、电话攻势："怎么回事？今天怎么还没到？"

为了加强对方的紧迫感，说有紧急材料需要完成，催促下属快马加鞭赶回来。但他与人约会，想什么时候就什么时候，聊天时间更不受约束。

有时聊得兴起忘记时间，或过于兴奋睡不着午觉，鑫龙下午便昏昏欲睡，溜进无人的办公室补觉。隔壁办公室的领导长期驻扎工地，极少回来，偏偏他的办公室宽敞明亮，又配置了一张极为柔软舒服的沙发，最适合躲进去抽烟、喝茶和午睡。

除了搞卫生的阿姨，这"休闲会所"只有中高层领导有进出的特权，一般小职员不敢贸然进去。在人来人往、忙成一团的公司，里面舒适得像隐居避世的世外桃源，外间的纷纷扰扰都被挡在门外。

这天下午，廖琪芸从外面回来，正准备打开自己的办公室门，刚好碰到鑫龙从隔壁推门而出，被她一眼瞧见。四目相对，彼此都有点意外，领略到了何谓神奇的"卡点"。

此前廖琪芸批评鑫龙的策划方案总卡着时间点提交，把他骂得像个小学生。这回他们居然心有灵犀，一起把"点"卡得如此精准，准到只有电视剧才敢这么演。

每月给员工发工资，廖琪芸恨不能让他们一天到晚驯鸽似的绕着自己团团转地飞，方不觉得吃亏。鑫龙躲起来午睡也罢了，关键睡到三点才慢悠悠出来。因而她原地立定，盯着他淡淡地问："你怎么在里面？搬办公室了？"声音不带一丝情感，明知故问，有意叫他难堪。

鑫龙尴尬地堆起一脸生硬的笑容，愣了一秒钟低低答道："没……没有……"因为心虚，说话有点口吃，声音颤抖，音量小得像蚊子吹喇叭。

老板无不希望员工比武斗法，去拉业务，替自己赚钱。廖琪芸是老板，当然不例外。

她天天挂在嘴边的四个字是"全员营销"。这口号喊得响，像传销组织的洗脑术，就差每天工作前把大家集合在一块儿做健身操，大喊几声加油来鼓舞士气。

员工们表面上竭力竞赛着，表现得忠心耿耿，大有为公司、为老板赴汤蹈火的决心，不让竞争对手独占风头。暗地里谁都不服谁，动不动便拂袖而去，被廖琪芸批评斥责几句也想摔门而出。然而，终究赌气归赌气，很少有人真的另谋高就。

很多人挨骂后因为不能畅快地宣泄发作，日积月累的戾气、怨愤和委屈堆得比山高、比海深。没有上刀山下火海的劲头参与"全员营销"，倒像与老板结下不共戴天的杀父之仇，巴不得将她扔进刀山火海而后快。

鑫龙怠工懒政，廖琪芸已有耳闻，她嘴上没有说什么却动起了心思。与其让鑫龙在宣传上原地踏步，不如激发他跑业务的潜能。当初把他招至麾下，做品牌宣传只是一方面，发掘他的人脉资源，动用他的优势拉项目才是终极目的。

初次出战，路途遥远，单枪匹马显得势单力薄，沿途又没人互相照应，鑫龙拉上斯辰一同出征。斯辰扭扭捏捏不愿意。邻座的女同事嫌坐得太久浑身不得劲，站起来舒展舒展筋骨，慢条斯理地搅动着杯子里的咖啡，激将道："不晓得你怕啥！他又不是白骨精，你又不是唐僧，难道你怕他吃了你不成？再说，两个大男人，又不用担心失身的风险，你就当跟他去乡村旅游呗！而且苏总学识渊博，你跟着他出去，不仅可以学到东西，还可以加深感情，他日把你提升为副总监简直指日可待，实属一举数得！"这话活脱脱就是鑫龙的口吻，斯辰听着熟悉，依稀记得鑫龙也提过白骨精和唐僧。

"我都懒得说你！"这女同事向来喜欢以这句话收尾。前面已经说了一大堆，好的坏的都让她说完了，最后才来这么一句声明她没好气，不爱好管闲事。其实她平日最是得理不饶人，什么都爱发表点意见，临了又假意撇清。明明说了又说"懒得说"，堵住人家的嘴也不再听对方辩驳，表示一切跟自己没关系。

"得了，实在找不到退缩的理由了，再拒绝便成了不识抬举，辜负别人提携的一片好心。"斯辰暗暗苦笑，感叹"站着说话不腰疼"果然是颠扑不破的真理。

最终，斯辰万般不情愿地答应，声明跑市场并非自己强项。两人做业务都是"初出茅庐"的新手，而令斯辰诚惶诚恐的还另有原因。

像鑫龙爱嗑瓜子一样广为人知的，还有他如雷的鼾声。可鑫龙自信平日人缘极佳，跟谁都能处得来，难道睡着了反而比醒着更不好相处？

对于打鼾差点将天花板掀翻、震塌的事实，他死鸭子嘴硬道："不会吧？有这么夸张？"

盛夏时节，高温纪录频频被破，空调房以外的世界热得不像样。在办公室的同事尚且嚷热得不行，鑫龙和斯辰在外奔波自然热得随时有中暑的可能。

他们一早坐车前往湛江，然后转车雷州，再转车到雷州下面的一个小村落。

一路颠簸，将他们颠得晕头转向，五脏六腑都要倾巢而出。到达目的地，两人已经疲惫不堪，饥肠辘辘，差点找不着车门。

填饱肚子后，当地的村主任带他们走了一个下午。村内树木密布，各家各户的房前屋后都栽满了树，苦楝树、龙眼树、荔枝树、杧果树、香蕉树、番石榴树……岭南常见的热带树木随处可见。隐藏在树丛深处的蝉发狂似的"喳喳"大叫，震耳欲聋。

如此荒僻的地方，交通又不便，盖民宿会有人愿意来吗？鑫龙走完一圈后心里凉了半截。

公司为节省成本，要求同性同事必须住一间双人房。这制度定得轻巧，制定者们极少出差，对实际情况欠缺了解，想当然别人会像他们睡相斯文，从不打鼾。

当然，可能他们睡着了不知实情。而枕边人"久入鲍鱼之肆而不闻其臭"，入睡得快而不闻其响。就算被投诉、抱怨鼾声如雷贯耳，大可矢口否认，反正自己听不见。

鑫龙常跟朋友吐槽自家婆娘吵架的"狮吼功"天下无双。大家说他得到了老婆真传，睡着后同样无人能争锋。

说到底还是鑫龙厉害，他老婆要醒着才能"发功"，他睡着也能运用自如，实属更胜一筹。要是夫妻双剑合璧，一定天下无敌。

他们家从来没有发生过失窃事件，夫妇俩白天"运功"，晚上"吐纳"，小偷被吓得不敢光顾。

斯辰与鑫龙一同出差的这段日子，总算领教了他的深厚功力。

同屋共睡，一方烂睡如泥，呼噜打得震天响，一方辗转反侧，难以入眠，对比鲜明。然而不知者不罪，更何况，无意识的打呼噜比有意识的咳嗽更难控制。斯辰又不能趁他睡得香甜之际一脚踹过去将其踹醒。

斯辰一向自以为睡得文静，绝不扰人清梦。其实他大可不必谦虚。他打起鼾来亦不容小觑,能与鑫龙相抗衡。

两人棋逢敌手,旗鼓相当,犹如难分高下的武林高手。

姜还是老的辣。斯辰到底年轻,常被鑫龙更胜一筹地从美梦中拉出来。其后被周公所抛弃,再难入眠。

醒来后,他不好露骨地怪罪,委婉抗议一句还被鑫龙"怎么会"三个字四两拨千斤地化解,反倒显得他无事生非。

夜深人静,浴室的灯亮到天亮,虚掩的浴室门缝透出微弱的光。在漆黑的房间,在寂静的酒店,夜似乎回到了宇宙洪荒时代。沉沉睡着的两人,没有梦魇,只有竞相比拼的鼾声。他们奏的不是悠扬的小夜曲,不是单人独奏,而是深夜二重奏。

他们并驾齐驱,同时发力,"二重奏"威力十足,奏着奏着就会进一步演变。声音时而高亢,时而低沉,时而尖细,时而雄浑,发展成一场震撼人心的"交响乐"。有时此起彼落、一高一低,有时犹如万马奔腾、齐头并进,有时一马平川、前后追赶。亏得酒店的墙壁厚重,隔音效果好,否则恐怕会遭人投诉上百回。

鑫龙入睡得早,睡眠质量高,少有机会领教旁人的功力。早上见斯辰的黑眼圈,困倦得像夜里做了贼,萎靡不振,鑫龙关心地问他为什么没精打采。

斯辰含糊其辞，说没睡好。没提遭到磨牙、梦呓、呼噜声的轮番轰炸。

鑫龙又问他有什么心事，何以不寐？年纪轻轻的，不要过多胡思乱想。好心建议他去看中医调理一下，并热情推荐自己家附近一位不出名但医术高明的民间老中医。

斯辰讪讪地笑了。他不是不能睡，而是有苦不便言，只好把罪责推给蚊子。可怜的蚊子比窦娥还冤，且有冤无处诉。房间的冷气过于充足，人类都必须拥被而眠，蚊子被冻得瑟瑟发抖，只顾得上哆嗦哪里有闲情吹着小喇叭攻击人类。

打鼾是人之常情，无法禁止，随地吐痰和咳嗽不掩捂口鼻则有些不可原谅了。

头天晚上，鑫龙贪图凉快，洗冷水澡，加之空调开得太冷，结果感冒咳嗽了。白天舟车劳顿，他不断用纸巾揩拭鼻涕，纸巾用完都没能止住。他自嘲包了一天的"饺子"。

望着垃圾篓里堆山填谷的"饺子"，精神十足的斯辰能理解他的苦楚，也深表同情。

鑫龙不甘寂寞，病中还要说个不停不休，对当天的客户评头论足，逐一分析。他一句话带三声咳嗽，还说个不停，激动起来将唾沫星子直咳到斯辰脸上。吓得斯辰避瘟疫似的躲着他，很担心被传染上。

　　然而为顾及鑫龙的自尊心，他装作毫不介意。

　　受疫情防控管束，斯辰戴了一天的口罩，憋闷难受，回到房间，脱了口罩又碰着鑫龙咳嗽。他点燃一支香烟，呼出一团团的浓烟，制造一层自我保护的结界。

　　鑫龙长着一排参差不齐的黄牙，吃菜嚼肉难免有菜屑肉屑填充牙缝。所以牙签是他餐后必备的工具，叼在嘴里直至酒店也舍不得扔掉。

　　他趴在床上一边刷短视频刷得哈哈大笑，一边用牙签捣鼓，将菜屑肉屑吐在地毯上。

　　斯辰不小心瞥见，一阵阵痉挛的恶心，差点把吃下去的饭菜连同胆汁胃液一并吐出来。他转过头不朝鑫龙看，当他整个人都不存在，稍稍平复胃里的翻江倒海。

　　鑫龙慢条斯理地剔了半天，将牙齿剔得干干净净、舒舒服服。然后，用拇指与食指轻巧地夹着牙签，很潇洒地用力一弹，牙签幸运地做了一生最难得的一趟空中飞行。

　　牙签迅速地划出一条美丽的弧线，结束自由落体运动，消失在房间的角落。

　　"飞鸟尽，良弓藏；狡兔死，走狗烹"，牙签完成了使命。房间铺着毛茸茸的地毯，黏在上面的菜屑肉屑风干后也

由保洁员用吸尘器吸走。斯辰想到这幅画面，又禁不住一阵

阵反胃。

七

位高权重的人多数疑心病重，忌惮别人乘虚而入、篡位夺权，这是人性。封建时代的帝王惧怕原本畏缩服帖的臣子功高盖主，不好驾驭。因而，他们竭力维持层次和高度，减少他人对自己的威胁性，确保高人一等。仿佛差距越大，地位和威信越稳固，优越感越明显。

所以，很多人能容忍不认识的陌生人飞黄腾达，却看不得身边的人出头上位、得道升天。好比原来都住茅屋草棚的两家人，有一家突然闷声发大财，盖起高楼别墅，还蜗居在灌风漏雨的破屋的邻居妒火中烧，恨不能一把火将对方的新居烧掉。

距离产生美。不少老板宁愿招个新人，也不肯提拔忠心耿耿服务多年的老员工上位，廖琪芸亦如是。这是个格局问题。

然而三创公司空降的总裁办主任似乎水土不服，不到半个月便自动请辞。廖琪芸又另请了几个"高明"，都没能熬过试用期，只好把培训部总监程咏提拔上来。

程咏是老臣子，大半年来，培训部没有新业务，他也就无所事事"摸"了半年的"鱼"。公司看在他服务多年的分儿上，不忍辞退，更考虑到辞退补偿，眼睁睁看他"吃空饷"却无计可施。

他个子不高，瘦长的刮骨脸，有点儿鹰钩鼻，人中偏短，下巴又太长，有点像香港电视剧里常见的一个配角。做培训的人极注重体面，所以他成天西装革履。黑西装、黑皮鞋是标配。天生的白头发染得漆黑发亮，且梳得油光可鉴，最擅长攀爬的小黄蚁恐怕亦爬不上去。

杭州总公司的同事给程咏赐了个封号，叫"黑山老妖"。不过他的皮肤不黑，而是真的白，比许多女人的还要白。可那白是缺乏水分滋润的，白得干巴巴，没有光泽，仿佛重症患者大病初愈，没什么血色。配合着他单薄的身子，仿佛风大一点儿就能把他吹得飘起来。

广州公司的同事为其多添了一个"黑白无常"的雅号。因为他一旦现身，就要把大家从百忙中抽出去参加他"洗脑式"的培训。他的培训不只针对客户，也针对内部员工。每听到他要来，大家都唯恐避之不及。

这日一早，程咏从杭州飞来广州。

正是炎夏，办公室的门关得严严密密，玻璃墙垂下灰白色的铝镁合金百叶帘，缝隙里隐隐透着光。空调的冷气开得很足，把人冻得像住在冰箱里。他竭力使脸上的笑容像冬日的雾凇，美丽而冰冷。得益于空调呼出来的冷气，这雾凇不会顷刻融化掉。

美丽能拉近与人的距离，而冰冷能让他与下属保持权威的距离。程咏给人印象太阴柔，说话不像一个四十出头的中年男人。大家说他"占着茅坑不拉屎"，因为他很少来广东公司，却占着最敞亮的一间办公室，容纳他阴寒欲雪天的淡日般的笑容。

座位背后的玻璃书柜常年关着，胡乱塞着几本书——《思考致富》《唤醒心中的巨人》《高效能人士的七个习惯》《世界上最伟大的推销员》《财富吸引力法则》等成功学秘籍，都是老板要求员工必读的读物。

另有几沓文件、几样文具。装饰大于实用，仅证明是间办公室。桌上的电脑不是惯用的台式机而是笔记本式，随带随走，不必费事地把资料拷贝来拷贝去。

程咏打扮得漂漂亮亮，展颜一笑就一脸褶子。然而笑容并不亲切，给人感觉阴森森的，寒气逼人。他说话习惯最后带上一个"哦"字，"是这样的哦""不要忘记哦""我周五要回去杭州了哦""我那天很忙哦"……"哦"了半天，总算把话"哦"完了。

与他面对面说话，鑫龙直觉得冷飕飕，背脊发凉。他配合着程咏一起微笑，被带了节奏，变得柔声软语，一个劲地点头称是，仿佛电影《倩女幽魂》里聂小倩对着黑山老妖。

鑫龙出来，轮到斯辰和万盈的"程总有请"。

斯辰和万盈彼此做个鬼脸，心想这姓程的又来玩花样，打探他们工作量饱和不饱和。

他们磨磨蹭蹭地从座位上起身，顺手把本子和笔带上。两人推推搡搡的，谁也不愿意走前面，像真要去见黑白无常，仿佛走在后面就不用进去。

万盈说斯辰是男人，应该打头阵，冲锋陷阵。斯辰则认为女士优先。平时女人都拿这句话作为享受优先特权的借口，这时倒能真的派上用场。

公交车天天提示，谦让是中华民族的传统美德。他们不在公交车上，也互相谦让一番。延挨半天，到底斯辰是个好男，不与女斗，昂首阔步进去，大有走上刑场、凛然赴死的决绝。

进去后，大家客气地打招呼。程咏热情笑道："两位可是我们原来品牌部的主力呀。现在调到总裁办来也是骨干，得继续加油哦！"

然后，程咏问他们哪一年出生，什么生肖，什么星座，何方人氏，好像算命先生准备算算他们的八字是否相合。两人一一作答。

程咏"自报家门"，说比他们大，夸赞他们保养得宜，看着比他年轻许多。又说大家星座属相相旺，此后共事必定愉快。三人客气恭维一番，绕了一圈才入正题。

程咏正色道："按照董事长的指示，接下来我会制定新的考核制度，将大家的工作量化哦！"他解释这是为了提高工作效率，让斯辰他们不要局限于本岗位，如果手头有资源为公司拉到业务，年底的年终奖也会酌情增加。

斯辰和万盈"嗯""好""是"地点头答应，恭听指示而不打算发表意见。程咏又问他们最近忙什么，手头有什么工作，对公司有什么建议，对他有什么意见直说无妨。

末了，问他们的兴趣爱好，试图寻找彼此的共同话题，拉近距离。

谈话完毕，斯辰翻了一个白眼对万盈道："连我外甥女说话都不带这样的，一把年纪还像个小女生嗲声嗲气，听起来怪怪的。"

　　万盈捏着嗓子模仿程咏的腔调道："是的哦！他还把这个'哦'字的尾音拖得尤为长，娇滴滴的。"

　　"微信上也这样，每一句话都用'哦'字收尾。一个大男人这种说话风格。"

　　"别看他收拾得油头粉面，言行举止又表现得像个无知少男。"

　　"跟我们说话像哄小孩子。听说他是笑面虎，不是什么善茬呢。"

　　两人议论纷纷，将程咏分析个透彻。

　　没多久，程咏、鑫龙、斯辰他们联合其他部门七八个人一起去云南考察，折腾半个月，终于成功签了合同。大家很高兴，起哄叫领导请吃饭。

　　程咏心情大好，爽快答应开个庆功宴，反正有得报销。

　　席间，他难得与众同乐地开怀畅饮，喝得醉醺醺之际说："在座都是男人，真痛快！"

　　他不喜欢带女孩子出差，觉得女孩子娇惯，手无缚鸡之力，不能搬不能抬，指望不上她们帮忙拿行李，可能反过来要他帮忙分担。总之，程咏确信带着她们出差就是"累赘"。

　　与年轻力壮的男下属出差则不同，力气大，长途跋涉能帮忙拿行李，搬搬抬抬的粗活累活不在话下。订机票、订酒店，出门打车样样行，他作为领导能被伺候得很好。

女下属吃不了苦不说，还说不得。若碰上生理期，可能连工作都没法干。

前年冬天，程咏和一个女下属去西南山区参加一个爱心捐赠活动。当时气温格外低，女下属冷得瑟瑟发抖。他自顾不暇，迫于面子，还要尽大男人的职责去照顾她。

都说"男女搭配，干活不累"，他只觉得男女搭配，流言蜚语多得满天飞。

一朝被蛇咬，十年怕井绳。自那以后，程咏再不愿意跟女同事一同出差。在他看来，带女下属出差只有拖累，没有带挈，典型的赔本生意。

他看不惯男同事张口闭口就扯到美女，说："不明白他们什么心理，若真把他们放到女人堆里去，不烦死才怪。"

他在上一家公司做美容护肤培训，学员基本都是女人。一群口齿伶俐、能言善道的中年女人，乌泱泱地围在身边，堪称灾难。他每次上课都被她们吵得头晕脑涨。三个女人一台戏，更何况一群女人。

近朱者赤，近墨者黑。程咏开玩笑说自己没被同化已是万幸。但公司的女同事辗转听到他这番言论，认为他太谦虚，被同化了而不自知。

　　自调到总裁办，万盈就暗暗将离职摆上议事日程。找工作像相亲，要彼此对眼，否则勉强没有幸福。失业像生病，哪儿哪儿都难受。她不是没试过，故而不敢裸辞。

　　促成她付诸离职行动的是一个项目的设计图，客户催得紧迫，万盈忍无可忍，完全忘记了客户是上帝，说了几句冲动的话。

　　客户大为光火，跳过鑫龙直接找程咏告状，添油加醋说万盈态度恶劣，服务不到位。

　　然而告状完毕，为表示大人不计小人过，客户特意叮嘱程咏不要处罚她，力证自己心胸广阔，肚量大得能撑船。实质上正话反说，提醒一定要严加惩处。

　　程咏心领神会，狠狠批了万盈一顿。鑫龙因为万盈经常顶撞自己，对她不甚维护，巴不得趁机将她换掉。万盈当然知情识趣，主动请辞。不叫他们为难，更是为了自尊。

　　鑫龙当然求之不得。

　　换个新人，说不定工资不用那么高，又乖巧听话又有新鲜感，叫人期待。所以，鑫龙让她可以马上走流程，处理好交接事宜即可卷包袱走人。

　　万盈刷新求职网的简历，留意工作机会，请假去面试。

花多眼乱，不是她看不上人家，就是人家看不上她。

物色了许久，仍找不到特别满意的，她最终答应去朋友介绍的一家公司。其实没有定了心，不过选个"备胎"安慰自己。先确定个去处，暂时有着落，再骑驴找马。以后碰到更好的算运气，没有便将就一下。

在这之前也有公司伸来橄榄枝，她不是嫌弃是初创公司，就是嫌弃离家太远，或者无法接受周末单休和大小休。有的公司面试说得好好的，各方面满足她要求，她事后想想又后悔提的薪资偏低，觉得亏，还有商量余地和提升空间。

招聘者似乎诚意满满，三番五次打电话来催问她是否下定决心"加入他们公司的大家庭"。热情得令人匪夷所思，她担心是让自己赶紧过去"填坑"。

有的招聘者为了应付绩效考核，辞职者又赶着交接，一时之间招不到合适人选，迫于压力所以急三火四地招个人顶替几天。

姐姐万莉见她迟疑未决，以过来人的身份说："如此犹豫，证明不是你心仪的工作，挣扎、迟疑、考虑都是在找拒绝的借口，你并不是真的想去。"

确实如此。经过多番比较，她在许多机会面前打了退堂鼓，始终认为朋友介绍的相对稳妥可靠。就像她平日做设计方案，客户叫她修改了无数遍，最后用回第一稿。

所有对比，都是为了衬托最初的选择，说服自己。

部门聚餐经费尚有剩余，鑫龙主动提议为万盈设宴饯别，祝她前程似锦。

午间只有两个钟头的时间休息，万盈和斯辰提前过去点菜。菜式一如既往是海南椰子鸡四人火锅套餐和腊味煲仔饭。等了半个小时，鑫龙和程咏才姗姗来迟。

还没落座，鑫龙就声明这顿饭是程总请的。万盈他们忙不迭地表示十分荣幸，笑着连声说"谢谢程总"。程咏豪爽地表示不客气。

程咏一如既往油头粉面，好像电视剧的大反派，光鲜亮丽得把穿着家常的鑫龙比得像个农民工。

他素来"往来无白丁，谈笑有鸿儒"，只与非富即贵的客户高谈阔论、推杯换盏，不屑于跟小喽啰同台就餐。因为身份、地位和层次皆不同，会自降了身份。他肯出席令万盈和斯辰倍感意外。

最后的午餐，大家都笑吟吟地客套，出人意料放松。

与鑫龙、程咏很快将不是上下级关系，万盈分外温婉礼貌，为彼此留个好印象。尽管平日摩擦不断，早已没什么好印象。

青山常在，绿水长流。今日留一线，他日好相见，总好过撕破脸闹得不欢而散。缘分难说得很，说不定山水有相逢。再怎么着，起码表面客客气气。

既然是饯别宴，大家都知趣地少提工作，多说些轻松的话题。聊着聊着，程咏又说到星座，表示很相信人与人之间是否合得来跟星座有关。

他面露得意之色，称自己是天蝎座，性格特点是腹黑。听着自夸多于自黑，城府足够深的才担得起这名声，因为没有一定的智商腹黑不成。

一种米养百种人。有的人大智若愚，有的人非要秀智商不可。

要做到腹黑不能是"傻白甜"，非有心计不可。宫斗剧的女主不腹黑，断然活不到大结局，打酱油的角色则出场不了几集就要下线，战斗力弱。

他们一边吃一边聊，锅里的鸡肉和珍珠马蹄在汤水中不断翻腾，椰子汁熬制的汤底早已喝光，换成清汤。蒸气腾腾中，他们一个个仿佛化身金色的神像，围着一张供桌，上面燃烧的檀香冒着袅袅白烟。他们将牛肉片、猪肉片、鱼丸、鸡肉丸、腐竹、生菜、茼蒿等分批倒进去，粉红的嫩肉，青翠的菜叶，葱绿桃红一锅鲜。

没有酒，只有椰子汁。他们头脑很清醒，知道下午还要上班，不能喝酒，而套餐里包含一大瓶椰子汁。鑫龙服务意识特别好，为每个人的杯子斟满，咳嗽一声清清嗓子，举杯道："我们以椰汁代酒敬万盈一杯，祝她前程似锦，'苟富贵，毋相忘'。"

几只杯子"哐当"地碰了一下，意思意思，各人仰头一饮而尽。

难得程咏赏脸，大家都热情地替他夹菜，生怕他吃不饱似的，肉丸肉片将他的碗堆得满满当当。他拼命阻拦道："够了够了，不要客气。"

他早上没吃早餐，早饿得肚皮贴背脊。店里免费供应的盐水花生、凉拌青瓜和甜酸萝卜就他吃得最多。然而他偏像减肥的少女般谦逊而自制，称最近闹肚子，胃口欠佳。

汤底沸腾，面上浮着薄薄一层油花，鸡肉熟了。蒸气弥漫，火锅的不锈钢盖子在长期高温的炙烤下发黑发黄又发亮。蒸气一团一团地扑向人的脸，直熏得人的眼镜上白茫茫一层雾气，模糊了视线。

鑫龙抹了抹额头，揉了揉眼睛，又摘下眼镜擦了擦。他用勺子轻轻地搅动锅里的食物，白的、红的，鸡肉、牛肉和猪肉在滚烫的汤水里浮浮沉沉。程咏并没有垂涎欲滴。

别人是穷讲究，他是富讲究，毛病跟老板廖琪芸如出一辙。他吃不下的原因在于盘子不够高端大气上档次。

尽管明晃晃的不锈钢盘子经过餐馆的彻底消毒，验证过绝无卫生问题，且肉类和青菜也通过食品检测部门的安全检测，证明不含对人体有害的物质。别人热情为他夹菜也成了不卫生，即使用公勺捞肉丸、公筷夹肉片和青菜。

一脸鄙夷地看着旁人吃得狼吞虎咽，他很是为难该不该吃，唯有赌气说没胃口，随后又喊服务员过来，多点了一只红烧乳鸽和一盘榴莲酥。

鑫龙猴急地用肉丸蘸了酱油和调料，蒸气熏得厉害，抬手摘眼镜下来擦一擦。一不小心，"噼啪"一声碰掉了装满椰汁的杯子。程咏大呼"小心"，手中的勺子"咣啷"掉到锅里，溅了几滴滚烫的汤底到手臂上，"哎哟"一声喊了出来。

周围客人的目光不约而同扫过来，大惊小怪地看发生了什么意外。鑫龙他们慌忙关心其伤情，程咏强装出极大方的口吻说："不要紧，不要紧。"然而黑着脸。几十岁的人了，不应该喜怒形于色。

随后的气氛全没有之前的兴高采烈，万盈感到很有救场的责任。毕竟是为她饯别。听得程咏说不打紧，把话题打岔到斯辰的穿着，说他今天穿的新衣服好看，时尚得像个大学生。

这顿饭四人吃了一个钟头，大家觉得有点累。饭足菜饱，程咏因不锈钢盘子盛菜而胃口欠佳，但打起精神，做个最后的总结陈词，提到此前有的员工离职后与公司对簿公堂。

他委婉暗示万盈要有职业道德，就算有什么不满也不应该闹事。

闹事的员工不是好员工，会破坏在公司领导心目中的形象。

万盈对他的意思心领神会，她本想说："你为什么不站在员工的立场想想，他们为什么要跟公司闹到不欢而散？公司为何不在员工心中留个好印象？"但她只是笑了笑，什么也没说。

结账时，程咏去上洗手间。鑫龙在收银台前付款，等候工作人员开发票。

万盈和斯辰在旁边交换个眼色，撇着嘴微微一笑。明明是部门经费，鑫龙却说是程咏请，既做了好人，又让程咏有脸面。

回去的路上，鑫龙不舍地说以后虽不在一起共事，但大家还是朋友，叫万盈有空回来玩，一起吃饭聚聚。

万盈满口答应着，心里却清楚离开了就是外人。不管曾经多么熟悉，再回来都是外人。

当同事沦为旧同事，缘分基本就尽了，仿佛再没有共同的话题。

万盈感觉终于解脱了，又有点怅然若失。望着熟悉的同事仍在忙碌，她自觉在耗时间，像个彻头彻尾的局外人，煎熬得度日如年。

从她提出离职起，鑫龙和程咏就不将重大项目安排给她了，生怕泄露商业机密。万盈本想在公司微信群跟大家打声招呼再走，想想还是算了，默默退了出去。

之前有个女同事离职，在群里发了一大段感谢的话，感谢领导的悉心栽培，感谢同事的愉快共处，期待他日江湖有缘再见云云。

这样的告别似乎大方得体，既不为难人事，又不冷落同事，更表达了对老板的感恩，但没有人回应。如果公司真那么好又何必要走？感谢的话私下说即可。

幸亏那女同事谢完了就立刻退群，不然看到自己情深义重的告别没有人回应，不知道会是什么滋味。老板未必惋惜她的离开，甚至可能巴不得她快点滚蛋，以免给其他员工造成不好的影响。没走的员工在考虑是否应该效仿，申请加薪或跳槽，谋求更好的出路。

回家的路上，看到屏南万安桥失火的新闻，万盈想，世间万事万物的来去，都有它的时间。

公司离了谁都照样运转，员工最好悄无声息地离开，不留下一缕清风，不带走一片云彩。

八

　　人事主管刘素娴与人事专员刘素兰，两人的名字仅仅一字之差。光听名字，以为是亲姐妹，但长相与姐妹完全不沾边，一高瘦，一矮胖，年龄相差十几岁。站在一块儿，旁人怎么也不会联想到是姐妹。当然，两人确实没有半点亲戚关系，名字相近就像电视剧标明的雪白的字幕，"如有雷同，纯属巧合"。

　　原来的人事专员在离职前搜寻继任者，看到素兰的简历，大惊小怪喊素娴看，素娴看了名字觉得亲切，便邀请其过来面试，结果一拍即合，从此共挑人事部的大梁。

　　有一段时期，行政的王主管休产假，刘素娴身兼两职，独掌人事和行政大权，将独当多面的本领发挥得淋漓尽致。她希望得到领导的认可、同事的肯定，又恨能耐与薪酬不成正比。公司没有一个人干两个人的活而给双份工资的先例，她不免心生不满。

　　一个萝卜占两个坑，她当然认为不合理，有理由闹情绪，拉上旁人一同分担。因而她时时表现出力不从心，不能同时胜任两个职务。单做人事主管，领导常常疑心她工作不饱和。若身兼两职都干得游刃有余，难保不会岗位优化，以后将两个岗位一起打包给她干。

　　本该行政部写的通知和生日会策划方案，她交给品牌部，道德绑架似的说："你们文笔好！"虚假地奉承对方"能者多劳"，好像身为弱者很有理。

　　鑫龙做惯了老好人，大方地将任务接过来，顺手交给下面的人，让她与下面的人对接。

　　斯辰他们一脸不情愿，说有很多本职工作要忙，分身无暇。

　　素娴将鑫龙搬出来说："我已经跟你们苏总打过招呼，你手头上其他工作可以缓一缓。"斯辰他们拖拖拉拉，到截止时间仍不能完成任务，叫她等得不耐烦。

　　迫不得已，刘素娴勉为其难，敷衍地写一份，或到网上抄一份拿来应付。为了共同承担责任，将斯辰他们扯上关系说："你们是专门写东西的，帮忙把把关。"

　　斯辰他们不好推却，瞥几眼，揪出几处字句不通或标点有误的地方交差。

　　素娴深谙物尽其用之理，平时需要送水换水或搬运杂物时，大手一挥说："小伙子，来帮忙换个水，我们这儿全都是女生！"招文案，不知道的以为招了个杂工。但是派发礼品、领取福利，却坚定奉行"女士优先"的原则。

　　她对农村出身的老实小伙子青睐有加，特别是刚毕业的职场小白，原因就是好使唤。什么苦活累活都可以派给他们干，好像他们天生就是当杂工的料。又证明她精通用人之道，善于为公司节省人工成本。

　　素兰是个来自农村的朴实女孩，相貌平平，结实的手臂，黝黑的皮肤，乡气十足。

　　幸亏社会不全是以貌取人的人。日久见人心，后来谁都称赞她性格随和、平易近人。素娴最喜欢这类型的搭档，违心称赞她耐看，长相有特点。

　　与素兰同日入职的，还有前台文员邝燕燕。这小女生生得喜庆，红润的圆脸让人联想到秋天树上最新鲜饱满的苹果。

　　看到同事经过，她总未语先笑，笑吟吟地打招呼。一双水灵灵的眼睛，极善传情达意，把一众男同事招得蜂飞蝶绕。

　　她的眼睛算不上顶大，胜在眼神活泼灵动，带着年轻人特有的朝气。

人的眼睛好不好看，有没有魅力，并不全取决于大小。有的人眼睛虽大，但呆板无神；有的人眼睛虽有神，但贼溜溜的，叫人一看便起提防之心；有的人虽明眸善睐，肤如凝脂，艳若桃李，但冷若冰霜、不容靠近，一副拒人于千里之外的神气，额上仿佛刻着"生人勿近"，远远瞧见便令人倒抽一口冷气，直觉得寒气逼人，不敢靠近。

年轻是资本，招人迷恋。大家看这小姐娇俏可人，不经世事，又嘴甜舌滑，谁都乐意在前台稍作停留跟她多聊两句。

运营总监肖栋成了前台的熟客，巴不得一天赖在那儿不走，自以为有机可乘。然而不好太明显表现出居心不良，只好中午休息和下班空当去兜搭，仿佛赶不走的扰人苍蝇。

肖栋细眉细眼，阔脸大嘴，鼻孔朝天，斜倚着腰肢，看燕燕统计考勤或忙些琐碎的行政事务。小眼珠子滴溜溜地转，目光像胶似的黏着她那像剥了壳的鸡蛋饱满圆润的脸颊，馋得他恨不能吞之而后快。

这中年男人脸皮厚，不绝口地说些自以为幽默风趣的俏皮话，引她笑得咯咯响。在八面漏风、视野开阔的前台，她自信他们发乎情止乎礼，不会发生什么过分的、不堪入目的行为。

树欲静而风不止。燕燕刚开始有点拘谨，不甚理会，问一句答一句。慢慢熟络了，眼角含春，嘴角含笑，似喜似嗔地瞪一眼娇斥："讨厌！"然后低着头，装作爱理不理，眼角余光随时朝四周飞快地瞟一下，观察有没有人。

个别年长的女同事看到，心里妒忌得不行，一边为一去不复返的青春和日渐削减的魅力感怀，一边批评燕燕行为不检点。曾几何时，她们同样新鲜水嫩、蜂飞蝶绕，如今却好像忘了放进冰箱的隔夜饭菜，无人问津。

女人被男人动了歪心，佯装生气又不免得意，毕竟证明了自己有魅力。所以张爱玲在《倾城之恋》中描写白流苏："她知道宝络恨虽恨她，同时也对她刮目相看，肃然起敬。一个女人，再好些，得不着异性的爱，也就得不着同性的尊重。女人们就是这点贱。"

肖栋是个男人，且自视泡妞是他的强项，当然不会放过表现自己是真正的男人的机会。他早安晚安地请安，喊人家小丫头，佯装熟得像自家人。燕燕回信息慢一点或者不回复，他就一个劲地问，"在干吗？""不理我了？"

在肖栋以为唾手可得之际，燕燕突然态度冷漠起来。

他以为燕燕欲擒故纵，孰料她严词道："肖总，请您自重。我们只是普通同事，不回消息很正常。我想回就回，不想回就不回。请您不要再发些有的没的的话过来了。"

可餐的秀色眼见到嘴边，莫名其妙变成狗叼着的骨头的水中影子。

直至在停车库，他看到燕燕上了赵仁波的车，谜底才解开。

赵仁波是廖琪芸的表弟，不到三十岁，却是公司出名的花心大萝卜。他鼻子不算高，但扁平大，鼻翼向左右两边铺展开去，像被人一拳狠狠打下去，瘪了没有恢复原状。

他本跟这个行业八竿子打不着，大学毕业后做房地产销售员。由于玩心大，整天顾着泡妞，成了夜店的常客，晚晚夜不归宿。他母亲——廖琪芸的舅妈，怕他学坏，央求着廖琪芸提携这不成材的儿子。

当时廖琪芸准备开拓广东市场，筹划成立广州分公司，给赵仁波挂了个总经理的头衔。千里迢迢从江南来到岭南，没有母亲唠唠叨叨地严加管束，赵仁波兴奋得像被放归山林的老虎。廖琪芸倒不心慈手软，有意磨炼他，他倒真的收了心，着实下了一番苦功。

在陌生的广州，赵仁波人生地不熟，资源又缺乏，一切从零开始。他天天厚着脸皮在外面跑，拉业务，广州公司逐渐有了起色。公司由几个人发展到几十人，越做越大。

　　在那段时间，他认识了他老婆，一名女博士。不得不承认他哄女人很有一手。

　　赵仁波老婆的单位在粤西，他又全省各地跑。异地恋有利有弊，弊的是分隔两地，饱受相思之苦；利的是小别胜新婚，有助于保持新鲜感。一年下来，两人发展到谈婚论嫁。

　　结婚登记那天，赵仁波高调宣布喜事。员工拼命撒花、点赞、祝贺，起哄要发红包。

　　如此喜庆的日子，理应顺应民心，让所有人分享幸福心情。

　　一高兴，他顾不得心疼账户余额，空前大方。

　　短短两个钟头，他在微信群里发了三万多块钱的红包，尽显豪爽。

　　一轮又一轮的红包，像润泽万物的大雨，每一轮都是高潮。大家整个下午抢疯了，比过年还热闹。员工开心不已，无心工作，比自己结婚还高兴，结果当晚公司大半人加班。

　　婚后赵仁波依然在外奔忙，照样拈花惹草，反正天高皇帝远。终究是贪玩成性，寂寞难耐，老婆又远水救不了近火。

　　借着出差，他名正言顺地陪客户到处花天酒地。周末要回来，提前安排司机去接老婆到广州团聚。可在外面玩归玩，对老婆他倒是千依百顺，要买什么就给买什么。

　　不少有家室的中年男人，一脸油腻尚且自作多情，常常幻想第二春随时要来。他们总自认为残存魅力，诱惑涉世不深的女孩。

　　起初赵仁波没打算将目光投放到公司的女职员身上，毕竟兔子不吃窝边草。但近朱者赤近墨者黑，他也变得胆大气壮、饥不择食。他年轻力壮，也更有资本。

　　跟着老江湖混得多，在外面兴风作浪惯了的狐朋狗友亦极善投其所好，带着他增见识、开眼界。

　　唯独鑫龙是另类，是中年男人的一股清流。出差在外，哪怕孤身一人也从没有越轨行为。他家的"河东狮"威势逼人，仿佛给他随身安装了监控设备，对其一举一动了如指掌。这使他有贼心没贼胆，看到美女至多偷偷瞄几眼，有翅膀都不晓得飞。

　　在两性关系处理方面，鑫龙不同于那些表面正派凛然、私下放荡无拘的"老油条"。他跟异性交往，尺度把握得绝无半点偏差。即使孤男寡女共处一室，仍然正襟危坐、目不斜视，是百分之百的正人君子，柳下惠都得喊他一声师父。

　　晚上，老婆的例行查岗自然少不了，频频来电关心他出差在外是否吃饱穿暖，尽好贤妻良母的职责。她没有千里眼和顺风耳的绝技，也照样有办法监视鑫龙身边的风吹草动。

　　鑫龙老婆最善于让孩子劳逸结合和向他们的爸爸表达爱意，她指示儿女轮番上阵，问候爸爸在外面干什么，什么时候回家，或者请教功课。借此监听鑫龙周围可有异常动静，名正言顺地刺探敌情和情敌。

　　儿女的请安不能说不是出自孝心。他们很爱玩手机和看卡通片，也很爱自己的爸爸。只是这些问候犹如突然袭击，不知道什么时候出现，经常使鑫龙猝不及防。

　　邝燕燕没戏之后，肖栋将目光转移到了另一个新入职的女孩冯萱娴身上。尽管明里暗里送了不少秋波，可人家对他正眼不瞧，仿佛频频发电遇着绝缘体。

　　萱娴是个"海归"，家里有钱但脑子不够灵光，考不上国内的好大学，只好到国外去喝两年"洋墨水"。回国后，一副水土不服的样子，出国一趟学问没学到多少，毛病倒学了一身。

　　她找工作挑剔得厉害，辗转好几家公司都干不长久，工作经验不多，年纪却见长。三十三岁还没对象，她父母着急，她不着急。上班的时候上班，待业的时候待业，照常吃喝玩乐，该干吗便干吗，反正家里不会让她短吃缺穿。

　　她带了很多日用品来公司，水壶、水杯、加湿器、电热风扇、毛绒公仔、多肉植物……桌面琳琅满目，快赶得上小超市的货物架了。午睡的折叠床质量要最好的，将她家的梳妆台也差点搬过来。嫌弃公司配发的纸巾不上档次，因此抽纸也是她自带的。

目之所及，萱娴在自己的势力范围堆山填谷，像个小仓库。好在她和女上司两人在一个独立的小办公室，再触目惊心，外面的同事也不受影响。

公司没有厨房，不然萱娴会将锅碗瓢盆搬过来。没办法下厨，萱娴空有一身煎、炒、焖、炖、蒸、煮的厨艺无法施展。方便入口的零食成了她的必需品，替代超市的生鲜食物。苏打饼、姜糖、红茶、方便面、蜂蜜、绿豆饼、麦片、袋装咖啡……将她的抽屉塞得不留余地。

生怕不够，萱娴随时补给，不等吃完又进货，永远不用担心饿着。堂堂留学生纡尊降贵来做商务助理，以为顺利转正不在话下，否则没有天理。所以将一切布置得妥妥当当，大有干到退休之势。

才来不到一个月，萱娴看上了市场部的商务经理小范。

小范一表人才，是个刚毕业的"小萌弟"。她喜欢这个年轻单纯的男孩，不断示好，又是帮买早餐，又是请晚饭，还免费供应零食当下午茶。她不断创造机会接近对方，爱慕之情"司马昭之心"，路人皆知。

可惜两人足足相差十一岁。小范跟她有说有笑，却对她的"放电"并不感冒。他在装糊涂，嫌弃她年纪太大。

销售经理卢彩艳带着小范出差跑业务，将他当司机和助理来使唤。去要开五六个钟头的车，回也要开五六个钟头，回公司处理完琐事还要送她回家。小范凌晨到家，卢彩艳还不放过他，要他加班帮忙改合同、弄预算、做表格、填报销单。

萱娴跟小范微信聊着聊着，他突然就没有了回复。过了很久，她都躺上床准备睡觉了，才收到他的消息说："刚刚送彩艳姐回家。"

卢彩艳亲切的笑容、温柔的语调隐含着紧迫感，每一句话都不容商量和拒绝。她是笑面虎，惯用慢慢渗透的手段，叫人心里明明不痛快却不好发作。最终小范受不了，提了离职。

卢彩艳假惺惺地挽留，知道他去意已决，铁定不会再回来，就算翻脸也不打紧，索性多派些活给他干，直到最后一刻。

小范不情愿，怒形于色。

见小范脸色不好看，她又堆起满脸笑容哄他，说年轻人要有职业素养。

姜还是老的辣，她站在职业道德的制高点说服他。

小范因为辞职的审批还得找她签名，不好翻脸，只好忍了。

可不是每个年轻人都像小范这样。公司之前有个实习生，便初生牛犊不怕虎。犯错被领导骂，直接站起来大声说："错了就改过来呀！你没犯过错？叫什么叫，你不会好好讲话？"全公司都听见了，领导也蒙了。

卢彩艳带的实习生没有一个能熬过试用期，不是没有原因的。有的人坏虽坏，但都写在脸上。而她坏得不动声色。

萱娴没能过试用期，传言是总经理赵仁波嫌她做事不够细心。而知情人士却透露，是赵仁波对她毛手毛脚。

她走的时候不嫌麻烦，大大小小的东西悉数带走，不留下一片饼干。自个儿提着大包小包乘电梯，形单影只的，她也不觉得尴尬。

从来只有新人笑，不见旧人哭。企业人员的流动性大，来来去去再正常不过。

冯萱娴走后，总部派了个新的设计师过来，叫苟雄君。他与几个总公司来的领导一同指指点点，很有"皇亲国戚"的风范，将平日最爱说话且声音最大的同事都镇住了，屁也不敢放得响一点儿。领导的亲戚找不到工作而安插进来的先例又不是没有过。

苟雄君有点儿驼背，粗短的脖子老给人缩了一截的错觉。眼睛像长在头顶，对周围一切视若无睹。假使拥有猴子的尾巴，肯定能翘到天上去。他走起路来像抽筋，蓬松的头发配合着身体甩动的节奏，一上一下地晃动。

不知是否肾功能欠佳，抑或尿酸过高，苟雄君频繁拿着个不锈钢水杯到饮水机前接水。

水喝多了导致尿频，他又大摇大摆地上厕所，像只蛮横的火鸡在过道走来走去。与人打照面，仿佛睡觉落枕，脖子直挺挺的，鼻孔朝天，头点得很勉强。从喉咙深处发出微弱的"吭"的一声，示意看得见对方，没有失去视力。

苟雄君雄赳赳气昂昂，架势十足，非有什么了不得的靠山才能如此神气活现。听说他是董事长亲自面试招进来的，像个钦差大臣。他自以为气宇不凡，对谁都敢怼，仿佛手上拿着当令箭的鸡毛，脖上挂着免死金牌。

这日将近中午一点，他旁边的同事还没吃完饭，发出轻微的咀嚼声。苟雄君觉得这严重影响他午休，从折叠床跳起来道："你这样吧唧吧唧的，叫人家怎么睡觉？"吓得那同事立刻住嘴，饭没吃完便倒掉。

然而对领导，他又是另一种态度，热情得没有半点高高在上的神气。勾肩搭背到外面吃饭，好像从小玩到大，认识几十年般熟络。找领导汇报工作，又像特务接头般神秘兮兮。

苟雄君自信专业水平比其他人高出许多，常单手叉腰站在别人旁边，对着电脑指点着这个方案有瑕疵，那个设计方案如何行不通，将大家熬夜加班的成果批评得一文不值。说到激动之处，还张牙舞爪、手舞足蹈，俨然在表演话剧——电视剧里长得丑的反派也这么演。

他非常直接地说公司的设计师没有经验，能力不行，对设计一窍不通。没有指名道姓，当然针对所有人。批评得笼统，其他人低着头不吭声，不主动对号入座。他像个资深专家，表现得很有本事又敢说真话，唬住一大片人，获得老板频频点赞。

苟雄君骂人是因人而异的，专挑软柿子捏。他们组有个女孩性格懦弱，天天被他骂。那女孩离职那天很生气，不愿意交接工作，留下个一塌糊涂的烂摊子。

三创公司的员工脾气太好，又是新人居多，且是刚毕业的小年轻。时间长了，他愈发有恃无恐。大家对他的跳脚叫骂、指桑骂槐亦习以为常。只要不爆粗伤及自尊人格，便任由其发疯。挨了骂的员工低声地骂骂咧咧，说他像一条疯狗，动不动就咬人，动作夸张起来濒临发羊癫疯。

　　他的矛头不单单指向内部的同事，对于外部的客户，同样隔三岔五地问候对方祖宗十八代，当然，在背后。在大办公室当众跟客户通电话，他仿佛在参加演讲比赛，现场的同事是他的台下听众。

　　客户看不见他笑容可掬，可是听得见他恭顺地应答着："是的！好的……一切会按照您的意思来做。明白……明白，我们会把该改过来的都改过来。收到，好的，好的！"末尾不忘来一句："谢谢您的意见，欢迎来我们公司参观指导哦！再见，领导！"

　　电话一挂，苟雄君脸色一变，直骂对方是傻帽儿，什么都不懂就瞎指挥。自言自语地骂居多，有时太激动，急于求得认同，会转过头同旁边的人说——想当然地以为别人跟他想的一样，很有共鸣。

　　作为主创，他要对接客户，也要对接下面的设计师，所以电话常按了免提，让参与的同事听听客户的意见。他不再重复赘述，只消说一句："小梁，都听到了吧？按业主的意见改过来！"

　　他的口头禅是"傻帽儿"，骂人的专用词。他想当面骂，但是忍住了，只能背后嘀嘀咕咕地骂。

看不顺眼的事情多，苟雄君对同事也有诸多不满，因此每逢总部来了领导，便逮住机会打"小报告"。就连他的顶头上司晁睿也被他状告管理松散，纵容下属，作风怠慢，敷衍塞责，对客户服务不周到。

自进公司以来，苟雄君立志要做总监，对晁睿的位置虎视眈眈。他将晁睿视为最大的敌人，不放过任何诋毁的机会。至于另外两个主创设计师，他并不放在眼里，认为不足以构成威胁，故而没视为潜在竞争对手。

小道消息透露，晁睿很快将要调到总裁办做副主任。苟雄君以为有机可乘，做起了总监美梦，以为这职位非他莫属。但不敢保证十拿九稳，他决定表现得卖力一点，对同事的态度大为改观，争取口碑。然而亲善行为没有为他赢得口碑。由于往日的所作所为，他不得人心，只得到几句风凉话。

那段时间，他早到晚走，周末也回来坐镇，看似有忙不完的活儿，完全把公司当成家。以前他周末也常回公司加班，不过一般打个卡就回家。事实上，他是为了日后调休和第二天可以晚一个钟头过来上班。初时大家赞叹他工作积极，后来看穿真相，无不惊呼"奥斯卡欠他一座小金人"。

等到新总监入职，他马上像泄气的皮球，周末再没在公司出现过。早就看不惯他的人无不幸灾乐祸。

"表面上加加班只是锦上添花，真正立得住脚的还得靠实力，要是他真能，总监这位置就不会旁落他人了。"

"群众的眼睛都是雪亮的，领导的眼睛也是雪亮的，像他这种人，若当上总监，肯定都飞上天了。那天理何在？"

日久见人心，任何伪装都经不起时间的考验。

苟雄君并非什么老板亲信，也不是哪门子皇亲国戚。

因为被忽悠，众人大为震怒。同时感叹果然人生如戏，全靠演技。

自从苟雄君的真实身份被识破之后，任他说话再如何铿锵有力、中气十足，大家亦不再被唬住。

九

冬至那天，天气非常好。

屋外日头高悬，四处洒满暖洋洋的阳光，照在身上暖暖的，使人不想动。从阳台极目眺望，是光影交错的高楼，身边树影婆娑、枝叶摇曳，叫人生出冬去春来的错觉。

中午时分的风微微地吹着，日光透过稀疏的叶子，把小憩的员工晒得昏昏欲睡。他们安详地眯着眼，其中一人的脸上还盖着一顶渔夫帽，挡住阳光直射。

"'干冬湿年'，到过年恐怕要阴雨连绵。"望着冬日暖阳，鑫龙说这谚语非常灵验，他从小到大的观察都应验了。

他计划陪父亲回老家过春节，盼着冬至下雨，哪怕很短时间的零星小雨也好。

许久没回去，父亲对老家的亲戚甚是想念。他指望过年天气晴朗，串门拜年、探亲访友方便些。老天爷显然没有听到他的心声，一直到下午都艳阳高照。阳光好得与他心里的期盼背道而驰，老天爷仿佛故意与他作对。

按照广东的习俗，民间有"冬至大过年"的说法。公司应景地叫了外卖，请大家吃汤圆。行政部的王主管在群里喊了一声有汤圆，大伙儿一窝蜂地拥到前台去取外卖。

一碗碗汤圆成行成列地摆满了会议室的桌子，有芝麻、花生、五仁、水果四种口味，任君选择。天冷，热乎乎的汤圆送到时只残存一点点温热，不烫手。众人眼疾手快，挑选自己喜爱的口味，准备端回座位细细品尝。王主管大喊"且慢"，提醒大家还没合影留念。

她叫大家站成三排，比出胜利的手势，咔嚓咔嚓，拍了几张大合照发到总公司的微信群。每逢分发福利的时刻，她总不忘做行政工作的分内事，拍些照片供领导和同事点赞。一来提醒大家感恩公司，二来让总公司的人也感受一下广东人的节日氛围。

不知道是否江浙不重视冬至的习俗，抑或是行政的同事忘了。看到广州公司如此热闹，总部的同事坐不住了，羡慕之余，纷纷质问为何总公司未能享受同样的待遇。

总公司的于总监当然不承认不作为，声明大家都会有惊喜。然后马上召集下属，采取紧急补救措施。她自知服务不到位，一边连连抱歉表示人人有份，只是尚未送达，一边叫文员在点餐平台下单，要求商家叮嘱骑手务必快马加鞭送来。

之后，他们亦每人手捧一碗汤圆对着镜头眉开眼笑，力证总公司与分公司一视同仁。吃完甜腻的汤圆，于总监宣布惊喜消息，老板体恤大家兢兢业业、辛勤工作，适逢佳节可以提前两个小时下班。

胆敢提前退场的人毕竟是少数，多数人表示手头工作繁多，时间又赶，屁股钉在座位上不敢挪开。及至快下班，才有几个人伸伸懒腰，嚷着去打一会儿乒乓球，运动运动，热身暖和一下。

黄昏了，太阳缓缓地下沉，又大又红，霞光万丈。在山的那边，在海的那边，在那城市的边缘，看得到它依依不舍地往下坠，像被什么东西拉扯着向下沉去。

黄澄澄的光，照着高耸的山峰、屋脊、楼顶，照着马路上拥堵的车流、人流，还有穿城而过的河流和整齐成列的行道树。远处高楼晒着半壁斜阳，玻璃反射着夕照，稍微瞥一下便觉得刺眼。

阳台上一帮员工在打乒乓球，乒乒乓乓，你来我往，分外热闹。公司难得地充满了欢声笑语，传到室内去，将加班的同事也吸引出来。

夕阳终于隐去，暮色苍茫，天渐渐黑了。万家灯火亮起来，下班的人行道上熙来攘往，马路上车水马龙。高矮不一的高楼大厦披挂着五光十色的霓虹灯，闪闪烁烁。

晚风冷飕飕地吹过来，改变了乒乓球的运行轨迹。在风的作用下，拐带着球的方向一会儿偏左一会儿偏右，他们跟着东扑一下西扑一下，有时扑腾得人仰马翻仍然打不中。

因为打得不痛快，还没尽兴便提前结束比赛，意犹未尽又迫不得已。大家十分扫兴，怅然若失。然而，这仍不失为大家可怀念的一段欢乐时光。

三创公司装修得还算气派，在一众广东公司当中算有特色，带点浙江风味。老板廖琪芸是浙江人，公司总部设在杭州。作为一家设计公司，当然注重个性。如果连自家公司都装修不好，又怎么好意思替别人出谋划策？

廖琪芸说得最多的是"理念输出""一图绘到底"。门面设计代表着公司的理念，阳台是给客户看的小样板，比展厅挂的项目效果图更直观，更能体现他们的创意。可惜毕竟是办公场所，面积有限，再独具匠心也不能充分展示她的理念。

江浙地区像他们这样的公司很多，廖琪芸发挥空间有限。苦于英雄无用武之地，她来到广东设立分公司。

初来乍到，她没有外地人的谦卑，没有"初来贵地"的恭敬客气，而是一脸的嫌弃和不得已。她瞧不上广东人的做派，说他们穿得不够得体。

她承认广东人会吃，什么都吃，天下皆知。但有的餐馆盛饭装菜用的不是瓷器盘子，让她难以接受。部门聚餐吃火锅，那些不锈钢的餐具让她倒胃口，吃不下。

她满脸嫌弃，却没留意旁边的广东朋友黑着脸，一言不发。

出去逛街，她大惊小怪广州的街头随处可见穿着大裤衩的人招摇过市。以广东的经济水平，居民实在不应该如此寒碜。总之，广东人的衣食住行都让她感到不可思议。

广东的天气同样不招她待见。夏天又闷又热，害她连妆都化不成。冬天有的时候冷得离谱，间或又热得不像样。一天经历四季，天气比小孩子还要喜怒无常。最难忍受的是三四月份的回南天，墙壁湿答答得像大热天被汗水融化的妆容，斑驳陆离。

虽然赚着广东人的钱，但法律没有规定她有恭维当地人的义务。遇着不满的问题，廖琪芸批判起来一点儿也不客气。

说完风土人情、自然气候，轮到提些专业性的意见。她看哪儿哪儿都不顺眼，觉得广东规划设计发展远不如其经济水平。觉得这个建筑造型不够独特，那个庭院景观不够有创意，目之所及的装饰品做工也不够精细考究。至于原因，她认为是当地历来的传统和暴发户太多所致。

廖琪芸出去谈项目，兴师动众，几乎所有部门都派遣代表陪同她前往。一大帮人浩浩荡荡地杀过去，输什么也不能输气势。众人烘云托月般把她衬托得非同一般，搞得像真要砸大钱、下血本去投资。客户称赞她有诚意，对合作高度重视。

得到赞许，她心颤身热，大有恃宠而骄之意，更加"变本加厉"，愈发"上头上脸"。同行有的女士看不得她风头太健，每当轮到她说话，掩饰不住地对其流露出满脸厌弃。

"投资"是个有吸引力的词，谁都希望别人拿钱来砸到自己的地盘上。所以不明就里的小地方领导喜上眉梢，将廖琪芸他们视作贵宾，小心伺候着。

借着投资的名义，他们风风火火地调研一圈，站在专家的角度建议，若想吸引投资就得提升环境，这个提升工作可由三创公司效劳。

这招起初挺奏效，做成几个大项目，公司尝到了甜头。

久而久之，便行不通了。

第一次人家不了解情况，上了当可以理解；第二第三次，人家学聪明了，看出些套路来——表面来投资，实际来拉业务。

双方都不是省油的灯，各怀鬼胎、你来我往交涉数个回合后便再无下文。

有些业务，公司实在缺乏相应的人才，就外包给第三方。外来和尚好念经。对待第三方，领导们反而以礼相待，不至于动不动就批评得狗血淋头。

内部员工加班加点做出来的方案，却要用比外人严格十倍的眼光来审视。吹毛求疵到极点才舒坦些，美其名曰"为你好"——最堂而皇之的理由。

然而对第三方的客气只限于初次打交道。等到发现客气无效，照样会加紧催逼，百般挑剔刁难。态度来个一百八十度大转变，哪怕犯了一点儿小错，直接扯开嗓门厉声呵斥，从扣款相逼，横挑鼻子竖挑眼。

因为是外人，得罪了也没有关系。这可能是第一次也是最后一次合作。再见，再也不见，一次性买卖。

廖琪芸自称性格直来直去，不擅长"装"，说得不好听请勿见怪，所说一切都是为了把工作做好，将设计做得完美。之所以直言不讳，也是按照客户要求——多提宝贵意见。

客户恭维其个性率直，她沾沾自喜，下次批评得更不留情面。

廖琪芸这么有个性的一个人，符合所有做设计的人特立独行的个性。她拒绝被同化，拒绝随大流，拒绝入乡随俗，誓要把先进的理念带来广东。

因此，公司阳台被改造成流水潺潺的小花园，种满了金钱树、发财树、摇钱树、富贵竹、彩叶草、金边常春藤……玻璃门两侧各摆放一只栩栩如生的小石狮，门头上面挂着两盏古朴的宫灯，四周的墙角被铺上了一层圆碌碌的鹅卵石。

与其他楼层千篇一律地栽几棵籁杜鹃、随便摆几盆盆景相比，三创公司多少显得有些与众不同。

阳台外面是灰蓝色的天，天下面是高高低低的楼、川流不息的人和车。正午的阳光晒着，城市颜色是混沌的浅黄。广东的冬天像北方的秋天，凉爽宜人。

这里草经冬不枯，花非春亦开，常年姹紫嫣红。

冬季屋内不像夏天开着冷气，因而阳台的玻璃门终日大开着。日光里忍冬藤静静地顺着棚架攀爬，开满金色、银色的小花。花红叶绿的阳台像个雅致的小庭院，淡淡的花香在风的作用下频频往屋里送，令人疑心这是春天。

靠着护栏生长的簕杜鹃终年不败，不甘寂寞地"红杏出墙"，悬空吊在外面。缀满了花的枝叶一条条地垂下去，披披挂挂、密密麻麻，瀑布似的一直延伸到下面的楼层去。风一吹过来，落英缤纷，花瓣全落在人家的阳台上。楼上栽花楼下看，浓荫繁花仿佛春深似海，成了别人公司的胜景。

花繁草茂、树木森然，外面的阳光想照进来，被挡了一大半。树影浓荫之下，一张厚重的圆石桌，几张刻有花纹的石椅，连垃圾篓也造型别致，整个环境清幽雅致。午后清风徐来，这里成了员工们烟瘾发作时的"集散"地。他们常聚集于此，吞云吐雾，让阳台恍如仙境。

改造后的阳台给保洁阿姨增添了不少活，闹着要加薪。她整天忙进忙出地给花木除草、松土、浇水以及洗刷地板上的灰尘和污渍，如同大户人家的保姆，或者园丁。

公司正门左右两边搁着两盆蓬勃翠绿的发财树，与门口对着的是前台，终日坐着个浓妆正装的年轻女子，脸上的粉多得可以蒸一盘馒头。

入门往左是会客室和会议室，往右是员工们的大办公室，墙上贴着"今天工作不努力，明天努力找工作""只争朝夕，不负韶华""细节决定成败，态度决定一切"等标语，用来激励员工。然而员工朝夕对着，熟视无睹，完全没有励志的作用，只当看不见。

前台背后别有洞天，是个小型展厅。进来最显眼的一面墙贴满了老板出席各种活动和会见重要客人的照片，占据了展厅的半壁江山。

在不同场合偶遇政商界的领导，廖琪芸总热情地主动上前与对方合影，成了她引以为傲、可炫耀的资本。来宾访客们看了佩服不已，诚心邀请她回访。

有专门的独立的板块介绍她的履历。上端那张她坐在办公室"君临天下"的照片，是她往"网红脸"靠拢之前拍摄的。真人经过手术加工，接近流行趋势，近乎换了一张脸。

照片跟真人差别过大，参观者无一例外地疑惑是不是同一个人，但依然违心地赞美她保养得法，比照片上漂亮。没有人指出她整容后的"艺术品"全然没有原来的端庄大气、顺眼自然。更不会有人告诉她，人造的流行元素终究会过时，倒不如纯天然的东西恒久耐看。

照片下端是她的文字介绍，详细地写着某研究院咨询委员会委员、某行业协会会员、某单位特约专家、某智库特聘专家……一大串虚虚实实的头衔。此外，还罗列了她何时创业，做过哪些大项目，提出过什么独创理念，如何一步一步获得今天的成功等。

没提她毕业于哪所大学，母校不够有名气，是她忌讳的短板，尽管她听过"子不嫌母丑，狗不嫌家贫"这句话。长长一大堆文字的"简介"，已非"简"字可形容。

其余的墙面不放过一点空白，密密麻麻地展示公司的发展历程，历年的大事记以及重大工程项目的现场图或效果图。

最末端不显眼的角落，放着几张员工生日会和集体出游的大合照。拼图似的填充剩余的有限的篇幅，作为公司存在文化建设的证据。

不得不说，廖琪芸对于公司的装修用了一番心思，客户都说装修别出心裁，将江南水乡的风韵带了过来。

获得客户肯定，廖琪芸欢欣鼓舞，坚定"理念输出"的初心。她号召广州的同事向总部看齐，动员加紧学习江浙地区的先进理念，更加卖力地为客户服务。

在廖琪芸的带领下，员工们忙得晕头转向，赶工作进度，加班加点做设计方案和施工图。加班成为常态，公司很少有团队建设活动，只在很久之前组织过几次羽毛球赛。

缺少运动，工作又忙又累，员工的健康状况堪忧。且各自忙于工作，不利于部门之间联络感情。公司多未婚的单身男女，亟须团建活动增进彼此的感情。

应广大员工诉求，行政部申请撤掉阳台盆栽，腾出空间摆放一张乒乓球桌。午休或下班时间，员工们可以打打乒乓球，活动筋骨。

起初两个星期，大家的热情都很高，迫不及待地一试身手。本来不会打乒乓球的同事也在旁边围观，跃跃欲试，并且争先恐后地上场。

可是常常有人拍球的力度控制不好，直接将球打飞出去。球从十九楼飞到一楼，不见踪影。球从来没有被打坏过，飞出去的球往往还是新的。大家呆呆地看着，惊呼一声："喏！又飞一只了！"飞出去的球也找不着了，就算找得着，他们也懒得从十九楼跑到一楼去捡回来。

过不了几天，一筒球就用完了，不是打坏，而是全打飞了。王主管不敢储备太多，打完一筒再买新的，免得他们看到那么多备用球，打起来更加起劲、更加肆无忌惮，那样球会飞得更快。

次数多了，王主管忍不住扯着嗓子提醒："你们打球仔细点，别老是打飞了。球还是好好的，三天两头就打没了。每次请款，财务都问怎么球用得这么快？你们再这样，我可不买了！到时大家都没得玩。"

然而没多久，她便不用为难了，不用隔三岔五地买球了，即使买回来也无人问津。

开始时大家图新鲜才玩两把，新鲜劲一过就提不起兴趣了，也腾不出时间。

午休时间本就短，运动兴奋过度或者出了汗反而影响午休。

傍晚下班，大家要么急着回家，要么留下来加班。留下来加班的如果打球，等于占去了原本加班的时间，最后班得照常加，下班得更晚。

而且，加班还有时间打球，证明上班时间没有好好工作。

有几个爱打乒乓球的同事本是阳台的常客，非常积极地响应公司号召。尽管技术不怎么样，也玩得不亦乐乎。后来见其他人都不出来玩，他们渐渐也兴致索然。

一直闹着要劳逸结合，这点企业文化才长出一点苗头便夭折了。王主管好奇地问："咦，怎么你们都不打球了？"他们笑了笑说"没时间""很忙"。

实际上都是借口。其他人忙得热火朝天，自己若乒乒乓乓地打球，显得很闲，太不像话。领导看在眼里会有想法，怀疑工作不饱和。他们可不好意思标新立异。

新买的乒乓球桌不到两个月便遭冷落，成了彻头彻尾的摆设。上面落满尘埃，增加了保洁阿姨的工作量。

　　公司内部是复式两层，下层是开放式大办公室，上层细分成若干独立的小办公室。高层们当然占据上层，各个部门负责人将楼上的办公室逐一瓜分掉。每次上楼，廖琪芸那双恨天高高跟鞋踏得震天响，"噔、噔、噔……"像肆意展示鞋是国际知名的大品牌，质量过硬。

　　遭受如此重创，亏得木质楼梯质量过硬，被震得摇摇欲坠仍没有发生安全事故，又尖又长的鞋跟也没有把楼梯洞穿。然而很叫人担心她一不小心站立不稳，整个人因惯性而旋转一圈，从高高的楼梯"骨碌骨碌"地摔下来，落到地面还打几个滚。

　　据说俄罗斯盛产"冰山美人"是与当地冰天雪地的气候有关，可谓跟地域特征相吻合。

　　廖琪芸走冷美人的路线，却与气候无关，纯属因人而异。面对下属，她不时化身冰山。称之为冰山并不为过，但是否为美人尚有待商榷。面对客户，她自视美人，可是冰山荡然无存。

　　她有时是又冷又甜的"冰激凌美人"，具体怎么变，切换自如。到什么山唱什么歌，是疾言厉色还是轻言慢语，拿捏得相当有水准。画风突变，仅在瞬息之间，令人猝不及防。

廖琪芸常见某些小地方的领导，支使着个刚毕业的博士生端茶倒水，扬扬自得偏故作淡淡的口吻夸耀："这是我们单位的博士。"瞟了一眼对方再补充介绍是某名牌大学的博士，语气平淡得像叫人请用茶。

博士则点头回应，笑脸相迎，不置一词。似乎他的作用就此发挥完毕，他最大的价值体现在"博士"二字。而他的领导微笑着表示满意，仿佛博士倒的茶特别香甜。

让比自己厉害的人替自己服务，是虚荣心在作怪。所以不少小领导小老板们热衷如此安排，哪怕博士手头有天大的任务也一律靠后，先来陪同接待客人再说。好像不这样就不足以证明他们小小的单位人才济济，放得下这么一尊大神。而且能唤来端茶倒水——是骡子是马，拉出来给各位看看。

因而廖琪芸也喜欢到名企、大企挖角，这能极大满足她的虚荣心。

在内，有几个能力比她强、学历比她高的人任她呼来斥去，听她号令莫敢不从，威风凛凛；在外，他们对她前呼后拥，她向别人介绍这个谁那个谁都曾是哪些名企的高管，此刻做了她手下。多有面子，威风得很。设计部总监张俊鸿便是她从某知名企业挖来的。

邻省准备召开一个学术论坛，邀请有名望的专家学者欢聚一堂，共商发展大计。廖琪芸作为企业代表也收到了邀请函，处心积虑要好好表现一番，出尽风头。

本来她是没有资格参加的，但"条条大道通罗马"，鑫龙托了一个师弟帮忙，助她从"后门"而进。难得有机会和那么多业内大佬同台竞技，她自然要艳惊四座，将所有人惊个目瞪口呆才对得起自己。可她自知知识储备不够，便叫俊鸿帮忙准备发言材料。

她自己也忙得鸡飞狗跳，百忙之中抽出时间去商场物色几套新装新鞋添置行头，又到美发店捣鼓了个新发型。

闲暇时，她不忘过问俊鸿的工作进度，亲自且郑重地把关。写得太普通浅白不行，等于人云亦云，不够标新立异；写得太深奥晦涩不行，她理解不了，无法流利地表达出来，反而弄巧反拙。即使勉强而为之，对着腹稿照读无误，万一有人借题发问而无法对答如流，岂不是等于挖坑自跳？

俊鸿一笑置之，没有戳穿。他熬了几个通宵，帮廖琪芸把展示案例和演说材料准备妥当。她想象的画面是她在台上绘声绘色地演讲，台下听众无不目不转睛，凝神倾听。而后齐齐鼓掌，赞叹她讲得精彩，品貌俱佳，学识渊博，为女中豪杰、同行榜样。

上次衣锦还乡、荣归故里，她到中学母校演讲，博得现场掌声雷动，至今仍飘飘然。当然，演讲之前，班主任拼命替她大肆宣扬也功不可没。

她出人头地，光耀母校门楣，校长老师自然脸上有光。

论坛当天，廖琪芸携俊鸿一同出席。现场大咖云集，个个德高望重，政府领导、行业巨头、高校教授济济一堂。一个"地中海"发型，猪腰子脸，生得牛高马大的中年男人担当主持，面带笑容地花了十几分钟"抛砖引玉"，叫大家为行业的发展大计出谋划策。

分组座谈时开设了多个子会场，简约的黑漆长方形会议桌，十几个人围在一起，背后是投影仪，白色的幕布上光影更替，一页页课件翻动展示。大家微笑着略略点头，表示专心致志在听。轮到的人先做自我介绍，添油加酱将自己说得出类拔萃、成就斐然，不是业内精英也成了行业精英。当然，没有两把刷子也不能出席这样的场合并侃侃而谈。

廖琪芸他们组就她一个女人，主持人表示"女士优先"，邀请她第一个发言。她忸怩推却，像没见过世面的后辈，不敢在行家面前班门弄斧似的。

好戏在后头，名角压台演出。她当然谦虚地让别人先讲，将自备的"好戏"排在后头。

现场嘉宾畅所欲言，一个讲完就把话筒传给下一个。十多个人讲完，已近饭点，众人听得意兴阑珊。

俊鸿坐在廖琪芸旁边，本是客串做陪衬的角色，根本没想到会有发言权。当别人把话筒递过来，他犹豫了片刻，推辞不过，勉为其难地谈起见解。不料说得过于兴奋，没能及时"刹车"，将原本为廖琪芸准备的内容也说了。

轮到廖琪芸，她竟不知道说什么好，急中生智说了一大堆公司实力如何强大，与在座同行强强联合如何利好的话。

她压台演出，大家本期待会有很多干货。岂料仿佛看电视剧被硬生生地打断，插播产品广告，不禁大失所望。嘉宾们哈欠连天，交头接耳，讨论着一会儿午餐可会有什么惊喜。

活动结束，廖琪芸甚为不快，黑着脸一句话没说。

她一心想逞能，没料到半路上杀出个程咬金，而且居然是自己人，岂能不恼？

俊鸿熬夜帮忙做课件，她不但不感激，还冷淡异常。他心凉了半截，知道她风头被抢而又不好当场发作。故而像犯错的孩子，担心她秋后算账。

研讨会令廖琪芸意识到天外有天人外有人，再也不能无视自己与优秀同行之间的差距。她决心向佼佼者靠拢，因而报了个工商管理硕士研修班。

学习不过是个幌子，借机开拓人脉资源、结交行业大咖倒是真。

但在培训班，她学到的东西还真不少，全是其他同学的独家秘诀。如何制定一套一套的管理制度，严苛而没有漏洞；如何加强考勤管理，一百个惩罚"摸鱼"行为的小妙招；如何激发员工为公司舍身卖命，堂而皇之地克扣绩效而让他们无话可说……

他山之石，可以攻玉。尚未学成归来，廖琪芸就已经对公司未来的发展信心满满。

课堂上，有个学员分享了在朋友处偷师来的"绝招"：每天早上回到公司，第一件事就是把员工集合起来，分成几排，大喊励志口号。声音洪亮、震天动地。随后同事之间逐个互相拍拍肩膀，来个热情的拥抱，加油鼓劲。最后，全体人员一起来跳五分钟节奏欢快的健身操。提提神、减减压，一个个立刻变得朝气蓬勃，充满力量。到了下午，众人若是昏昏欲睡，再来一段类似的音乐，把前来引诱大家"犯罪"的周公赶跑。

廖琪芸认为此法可行，值得借鉴。一是为企业的健康形象做宣传，二是提起员工的工作激情，三是通过锻炼能提高员工身体素质。

　　说干就干，她回到公司马上召集高层开会，宣布落实这项健身运动。

　　第二天，三创公司的人大清早便手舞足蹈，仿佛群魔乱舞。

　　一个星期后，员工怨声载道，集体抗议这传销组织般的做法，不适用他们如此正规的设计公司。整栋大厦也没有哪家公司这般操作，隔壁公司找物业交涉多次，投诉他们健身操的音乐过于激昂，造成严重的噪声污染。因为做健身操影响正常的早餐时间，高层中也出现了反对的声音，表示愿意少数服从多数，罢跳。

　　见此法不得民心，想想群众的心声也言之有理，廖琪芸只好作罢。

　　一计不成，又生一计。廖琪芸立意要进一步激发员工的工作积极性，提高工作效率。她继续以为大家的健康着想为出发点，倡议所有人每天下班后坚持跑步半小时。管理层带头做起并切实做好监督，用手机记录下跑步轨迹发到微信群，证明认真执行指示。

　　开头的几天，大家积极性不高也装作很高，然而后来装也装不下去了。

　　很多人晚上加班，疲倦得跑不动，夜深赶着洗澡休息，早上又赶着上班，想跑也没时间。廖琪芸的忠实拥趸者鑫龙傻乎乎地坚持了两个星期，也悄无声息地放弃了。

此计又以失败告终。廖琪芸没想到自己花钱参加培训学来的管理模式，竟然在她的公司行不通。

不过，她有意外收获——认识了一个新男友。对方也是离异人士，年方四十，长得肥头大耳，整个人圆乎乎的像个球状物体。

廖琪芸第一次将他带到公司来，许多人瞧见都以为是哪个政府领导。她陪他参观公司，亲密无比地说着，春风得意地笑着，大摇大摆地并排走着，气场十足。来的次数多了，大家方知道是她的新男友，纷纷感叹他们有夫妻相。预测不久的将来，公司会多一个老板。

事业上没有男人，廖琪芸自信照样可以搞得有声有色，可有些事缺了男人却不行。上帝既然同时创造了男人和女人，必然有其道理。

三十如狼，四十似虎。

获得了爱情滋润，她如久旱逢甘霖。原是喜事一件，可是约会多了，暴肥的概率大增。

经过整容医生动刀动针的蹂躏，廖琪芸的大圆脸的确明显"缩水"，往时下流行的"网红脸"靠拢。不过随时有被打回原形的危险。

　　每次烛光晚餐，她总是惴惴不安，很忐忑，慌得打紧。担心身上的肉一觉醒来又长回来，像熄灭了的火堆死灰复燃，将她跟手术刀较劲的勇气也付诸一炬。

　　廖琪芸的害怕不无道理，此前她就试过忌口戒食，强忍馋虫的诱惑瘦了十几斤。然而不到半个月，种种努力全都功亏一篑——真正诠释了什么叫"一胖毁所有"。

　　可是越是担心的事情，往往越要发生。廖琪芸经常有这样的感觉，仿佛才刚吃完饭，马上又胖了一圈。悲哀地看着镜子里的自己身上横生的赘肉，她恨不能拿刀将它们一块块地切下来。

　　视觉效果上，廖琪芸愈发身宽体胖。而自从参加研修班之后，她境界提升的效果同样显而易见，真是爱情和思想双丰收。然而思想的膨胀赶不上身体的膨胀。她整个人由内到外变得更加膨胀，像一个充足气的气球，简直要"乘风归去"，飘到天上去了。

　　封建制度已被推翻一百多年了，但三创公司等级制度仍然非常分明。

　　从年终会议的列席排位即可见一斑，有待努力向平等精神看齐。虽没有明确写着三六九等，但与会者的座位由内至外按职位高低分配。职位低的"边缘人"列席最外围，只有旁听的份儿，没有置喙的余地，也没有资格享用白瓷茶杯盛装的热茶，只能喝冷冰冰的矿泉水。

在国家提倡公平、平等、和谐价值观的现代社会，他们将封建时代残余的官僚主义继承和发扬得淋漓尽致。

住宿方面，同样划分鲜明的等级，董事长自成一档，住全市最贵的五星级酒店的豪华海景房，其他人员按职位高低到三、四星级的酒店寻找归宿。所有人务必摆正自己的位置，不得僭越，否则一律无法报销。不同级别，报销额度不同。若有超额，财务部将会遗憾地表示爱莫能助，要超标者自行解决。无规矩不成方圆，制度如此，他们亦无能为力。

会议时间定于上午九点，除了正中的董事长专座，会议室座无虚席。最新会议制度严正规定，迟到一分钟罚款二十块，充作下季度员工生日会的福利基金。因而与以往姗姗来迟的作风不同，最近大家分外积极，早早落座。

罚款使人心疼，迟到进场被所有目光注视则如芒刺在背，站着比"如坐针毡"更难受。

等待向来最易叫人失去耐心，不管等谁。

恭候廖琪芸大驾，员工个个满脸的不耐烦而不得不为之。距离会议开始还有十分钟，众人哈欠连连，廖琪芸才冷着脸在众人的静默中出场。

　　她营造出来的排场很有风范，像宗教领袖接受信徒的顶礼膜拜，隆重而不失庄重，又像领导人接受民众欢迎时严肃。

　　今天她依然长裙曳地，穿的鞋子却比昨天高了几公分，显得很是高贵大方。足迹所到之处，地板没有作不平之鸣，鞋子倒因作贱地板而发出"嘟嗒、嘟嗒"的得意之声。每走一步，像是龇牙咧嘴下足狠劲，誓要将地板凿出一个个洞来方肯罢休。

　　像一只刚下完蛋走出窝的母鸡，廖琪芸昂首阔步，派头十足，更显威严。脸上的脂粉厚得可装修几套房子，且质量上好，粘贴性极佳。

　　她走得一扭一绞，震荡之中的脂粉竟没有一粒颓然脱落。浓郁的法国香水味随其飘然而至，烘托得她尤其与众不同。她是全场最瞩目的，仿佛不这样不足以显示其作为老板的尊贵身份。

　　鑫龙对香水过敏，"啊嚏"一声，重重地打了个大大的喷嚏。其他人齐刷刷的目光不由自主地望过来，像发现了新大陆。他低着头，不敢接受这注目礼，仿佛他不是打了一个喷嚏，而是放了一个又臭又响的屁，尴尬得脸像火烧一样红了。

　　鑫龙以为别人单单闻声听不出这喷嚏是谁打的，迅速装作若无其事，悠然地摆弄手中的签字笔。然而廖琪芸悍然转过头来，朝着声音发出来的方向飞速扫了一眼。

她目光如炬，宛如飞鹰寻找猎物，又仿佛鄙薄为什么有人如此不上档次，品位低下至香臭不分，无福消受她这高级的国际名牌香水。

正式开会之前，照例由廖琪芸发表一段开场白，提前给众人"打预防针"："你们不要说些没用的，也不要质疑我的决策，不想听的话就给我出去！"

一句话把众人的嘴堵得死死的，安心做个听众，不要妄想提什么"逆耳忠言"。若想再提什么自以为高明的"为公司好"的意见，她会用目光死死地盯着想开口的人，将对方吓得噤声。不然就再来一句更狠的话噎死对方，使其乖乖闭口，保持缄默，静听她的宏篇大论。

进入她的"一言堂"表演时间，她侃侃而谈，威风凛凛。

那一刻，她仿佛不是个踌躇满志的老板，反而像个苦口婆心的老师。不讲到唇焦口燥绝不停止，而后换别人接着她的话题发言，或谈谈听后感。

她不许别人挑战权威，像她小时候的老师，课堂上看到学生窃窃私语，屡教不改，便生气地飙出那句口头禅："不想听的就给我出去！"

这经典的口头禅，是她得到老师真传的明证。简直像极了！特别是碰巧其心情欠佳，例如"大姨妈来了"，情绪急需一个发泄的出口。

按照一般企业的会议流程，回顾分析、归纳总结、互相批评、自我批评是常规环节。廖琪芸在"开幕词"中对会议提出几点要求，然后由各个部门负责人上台汇报工作，总结成果和自我检讨。等廖琪芸点评和批评完毕，其他人再一个个做自我批评。

这个环节结束后，各个部门派人上台作经验分享。其后，廖琪芸针对工作安排做出指示，结尾是为大家加油打气。

企业的生存靠市场，廖琪芸对市场部的重视程度自然超过其他部门。所以，她首先陪同市场部的经理们对市场情况进行总结，完后，业绩不达标的人要进一步检讨和反思，提出改进办法。这些环节，都少不了要穿插廖琪芸劈头盖脸的训话。

数落完对外的市场部，廖琪芸将矛头直指对内的行政人事部。

"你们看你们招的什么人？都是些什么素质的人？能力不行，几个月工作还没上手！

"椅子还没坐热就走！什么成绩都没干出来，招人不用成本啊？你是老板你愿意吗？

"你们不能为了完成招聘指标就胡来，招些乱七八糟的人进来，我们公司不是垃圾场！"

噼里啪啦的，人事总监像被喷了一脸屁，一声不吭。因为事前打过"预防针"，不想听就出去。

廖琪芸此时已演变成跳骂："招人得看学历，大专或三流本科的人不要招，看简历得先看清楚学历，不能把什么人都招进来。你们是专业人士，干了那么多年，难道这样简单的道理都不懂？那还做什么？不想做可以另谋高就！"

赵仁波跟人事总监素有交情，为他拔刀相助辩护两句，以证明他招的人不全是酒囊饭袋。他得意扬扬地说："我们市场部都是高素质的人才，卢彩艳是'985'毕业的，俞松的母校是'211'，连我们的司机小宋都是在读本科生。而且我们部门什么专业的人都有！"

他一心见义勇为，没想到鄙视链无处不在。

廖琪芸素来对学历教育最有研究。她果然白了他一眼，冷冷道："呵呵，要是真的这么人才济济倒好了！等都是全日制的再拿出来说吧！"

廖琪芸最重视学历，她所费不赀读了个硕士，现在又花重金读博士。对在职修来的"水学历"，她深恶痛绝，偏偏又不能免俗。

　　她看不起普通大学毕业生，对在职进修，混个"含水量"极高的文凭更是不屑一顾。虽然，她的母校也不是什么赫赫有名的大学。

　　赵仁波毕业于一所叫不响亮的专科院校，学历低成为其终生最大的遗憾。读书时他就知道学历重要，可是没想到这样重要。现在外出跑业务经常接触的，不是学术型的专家，就是政府里的公务员，遇见同行的老板也几乎是名校毕业的佼佼者。

　　当有人问他是哪所名校毕业的高才生，他格外底气不足，决心报读在职本科。但他平日分身无暇，唯有买通老师，让司机顶替前去上课。

　　有惊无险，这样过了两年，他拿到了某知名大学的网络教育本科毕业证。他感觉扬眉吐气，在朋友圈里秀出来。终于可以挺直腰板，底气十足地告诉别人他是某名校毕业。不过，只字不提是网络教育。

　　得知如此容易能拿到文凭，市场部的业务经理们纷纷找他打探报读流程，一个个摩拳擦掌进行效仿。他们誓要发愤图强，计划到名校的网络教育培训班深造，提升自我。

　　钱锺书先生所言："这一张文凭，仿佛有亚当、夏娃下身那片树叶的功用，可以遮羞包丑；小小一方纸能把一个人的空疏、寡陋、愚笨都掩盖起来。"

三创公司由内至外，又由外至内，问题一箩箩一筐筐，例行早会根本不足以一一揪出来分析、总结、归纳和反省。正因为有些问题说不清道不明，很有必要找个集中的时间来统一处理。所以，年中会议和年终会议要么不召开，一旦召开便必定开个三日才成。

因为要休息，开会不得不中断，只开三日，而不是三日三夜。

网络上有个说法，当今时代的四大谎言分别是高价回收、旺铺出租、马上就到，还有"清仓甩卖，最后一天"。事实上，这"四大"不足以概括周全。

同事说"改天请你吃饭"，这"改天"多是遥遥无期。客服对业主说"感谢您的反馈，我们已经交给相关部门尽快跟进"。这"跟进"要么拖个三五天，要么遥不可及，黄花菜都凉了好几回。这跟饭店服务员说"您的菜马上就好"，公交司机说"后面的车马上就来"一样，不能当真，否则要输。

而在三创公司，可以位居十大谎言之列的，还有老板廖琪芸开会时最爱说的"我简单讲几句"。这"简单"并不简单，"几句"往往是几百句，而"几分钟"则是没个几十分钟都不合常理。

所以，投身三创公司大家庭的员工，对复杂和简单的边界已然分不清，起码在他们老板那里模糊得很。假如她定义的"简单"能算作简单的话，那就没有什么是不简单的了。

有时候讲着讲着，某件事很可能会触动廖琪芸的怒点。

她脾气一发作便要摔东西，近在眼前的见一样摔一样。水杯、遥控器、镜子、梳子、圆珠笔、笔记本，甚至笔记本电脑等近在眼前、唾手可得的贵重物件也免不了遭殃。怒火冲天之际，她只顾着发泄，全不考虑物品价格。

若不值钱的物品一时接触不到，随身携带的手机、手链、戒指、钱包……抓到什么摔什么。冲动过后，发泄完了，她又后悔，心疼被摔坏的东西。廉价的非心爱之物倒可以不在乎。

廖琪芸这摔东西的习惯可追溯到丈夫出轨闺密的那晚。

那天晚上，她出差提前回来，想给丈夫惊喜，不料迎接她的只有惊没有喜。赤身裸体的男女不堪入目，惊见她突然的出现，吓得激情全无，跳起来套衣服。

她呆呆地转身，踱到客厅，好一会儿才回过神来，随手操起一只杯子便往地上摔。她的心也跟着杯子摔得支离破碎，散了一地。

　　闺密试图夺门而出，顾不上衣衫不整。廖琪芸以一敌二，拦住她的去路，用指甲去抓和挠。闺密的头发被她死死抓住。她丈夫急忙上前营救——营救他的情人，同样被抓得上身、脖子、脸面一道道红印子。

　　那晚起，她染上了摔东西的恶习，不开心就摔，狠狠地摔，痛痛快快地摔。之后，这恶习被她带来公司，带到会议现场。物品粉碎的声音配合其尖锐的咆哮，在大家的耳边久久回荡。

　　当然，不管暴风雨如何肆虐，总有停歇的时候。会议临了，依然少不了"打鸡血"环节，作为更加悠远绵长的尾声。只是散会后，她不知道底下的人对她含嘲带讽，跳脚痛骂。一个膨胀到飘起来的人，是听不到下面的声音的。

　　"谜之自信！家里如果没有镜子，撒泡尿总可以吧？"

　　"她自以为现在站在人生巅峰了，可以指点江山，激扬文字。说几句风凉话，贩卖焦虑！"

　　"那些专门替人打鸡血灌鸡汤的所谓成功学大师，是典型的言语的巨人，行动的矮子。"

　　"满嘴放炮，说的比唱的好听！她热血沸腾，以为别人也激情十足。"

　　"听几节课就能成功,真是痴心妄想!她说的那些道理谁不懂?我们听听就好,别当真。"

　　"她自己都不当真,也做不到,却要求别人该如何做,跟道德绑架并无两样。"

　　会议连续开了三天。每天下午六点结束,众人都得绕西湖慢跑,简称"环湖跑"。跑完后一起吃饭,席间继续讨论工作,直至晚上十点才能散场休息。最后一天下午,会议阵地转移至室外,到业内有名的项目现场参观考察,学习别人的先进经验和成功做法。

十

　　这日，鑫龙和斯辰前往黔东南的一个小县城。沿途山高林密，道路崎岖曲折。车沿着高高的盘山公路行驶，有点惊心动魄。

　　阳光很稀薄，山中的气温比市区要低。从车窗望出去，淡淡的云像被涂抹在山巅上。依山而建的苗寨，顺着斜斜的山谷，泥石流似的缓缓从山顶自上而下地泻下来。

　　山村遥远偏僻，行走在山道，难得见到人影。零零落落的房屋依山而建，低低地伏在田垄、山坡或者溪边。都是结实的木屋，久经风吹日晒变得黑漆漆，有的涂上了一层黄漆。

　　当地居民的房前屋后都是植物，有常绿阔叶树，也有终年翠绿的竹。从大城市来到这样的地方，很有"绿树村边合，青山郭外斜"的感觉。

　　鑫龙想起小时候生活在乡村，道路旁、山野间最普遍最常见的一种树——苦楝树。每逢春末夏初，苦楝树总是开满一簇簇的粉紫色小花，挨挨挤挤地密布在枝头。一团团的煞是好看，淡淡的像青烟，似薄雾，如紫霞。美得像小家碧玉，如梦似幻。

此刻时值冬季，树木仿佛感到寒冷而发出唏溜溜的声音。家家户户都有小院子，有的有栅栏围着，有的没有。一条大黄狗拦路躺着，慵懒得像刚睡醒，见了生人居然也不声不响。

他们经过一个院子，里面有一棵颓然的树，黑漆漆的树枝光秃秃的，赤裸裸地站在天底下，不知道是掉光了叶子还是枯死了的。树脚堆着一小堆沙子，两个圆头圆脑的男孩子在沙丘上玩得不亦乐乎——见到仅有的人影。

村庄四面环山，很安静，听不到有人声，偶尔响起一阵母鸡下蛋后咕咯咕咯的叫声。夕阳红彤彤地挂在树梢，无边无际的淡蓝天幕，空旷、寂寞。

山风一阵阵吹过，不断有树叶沙沙地飘落，凄凄惶惶，像一幅安静的秋日风情画。和缓的风吹了许久，风势骤然变大，仿佛此前一直在蓄势待发。树枝被猛烈地摇撼，树叶大雨似的萧萧落下，金黄色的大雨。

有一棵树并不受风的威胁。它又高又大，挨着一间破旧的青瓦泥砖房子生长，树叶掉得精光，不知道是不是柿子树。枝干赤条条、黑乎乎的，仿佛前不久上面还挂满了累累的果子。树上一片叶子也没有，树下却有些黄绿的乱草和枯叶，萧索、荒凉。村落的破败与冷清让人产生一种深深的惋惜之感。

日暮时分，天色渐暗，苍苍茫茫，红黄的夕阳就在屋顶的瓦檐后面。放眼望去，林莽起伏，远处的天空只比树木稍高一点，似乎触手可及。缱绻深情的白云不忍飘散，在黛青色的山头之间流连盘旋，很有"只在此山中，云深不知处"的意境。

荒草斜阳外，似有什么东西在天光云影中厮杀，然而实际上什么也没有。夕阳余晖淡淡地照着一片菜地，落日无声。一个老妇人挑着两桶水朝菜地中央走去，夕照将她的身影拉得很长，投影在翠绿的菜圃。

太阳一落山，深山的气温骤降，明显地感觉到冷了起来。萧瑟寂寥的群山，在阴沉沉的傍晚，好像商量着降雨一样。山坳的房屋烟囱冒起一缕一缕白色的炊烟，袅袅娜娜地往上飘，风一吹，东倒西歪，渐渐地散了。

灯光还没亮，但看见炊烟，叫人立刻感到温暖。路上渐渐能遇见人，三三两两背着柴草的妇人上山归来，有的梳着一只高高的冲天髻，横插着一支银簪，有的包着黑色的头巾，都穿着简便的民族服装，有说有笑。

斜坡上慢吞吞地走着一个矮小的老头儿，小眼睛打量着这些陌生的来客。他头上戴着一顶针织绒线帽，嘴里叼着一根旱烟，肩上挑着一担鸟笼。鸟笼上面覆着一层灰黑色的布，看不清里面是什么鸟、有多少只。笼子里面好像比较拥挤，一头发出轻微的吱吱声，肯定不是鸡；另一头咕咕的，像塞满了挨挨挤挤的鸽子，在你推我拥。

入夜的山风冷飕飕的，村委书记叫他们吃了晚饭再走，但他们婉拒了他的好意。村委书记吩咐一个叫小孟的小伙子送他们回县城的酒店。

小伙子是村干部之一，黝黑的皮肤，五短身材，略胖，二十来岁，大概刚出来工作，不过有点老成，言行举止十分干练利落。他熟练地钻进那台面包车，显然平日经常充当司机的角色，是个开惯了车的"老司机"。

隐藏在山坳中的村庄亮起一盏盏昏黄的灯和红色的灯笼，远远望见，像寥落的星辰。山道崎岖，一路颠簸，把鑫龙和斯辰颠得浑身摇摆。

鑫龙忙说："小哥开慢点儿，咱们不赶时间，安全第一。"小伙子嘿嘿一笑，说太熟悉路况了，闭着眼开都没有问题。但为打消乘客的顾虑，他还是放慢了车速。

　　沿途是墨黑的山林，连树影也看不清，车头灯黄黄的光摇摇晃晃地照在前面引路。经过一些村落时听到几声犬吠，此外什么也没有，静得叫人心惊。

　　约莫四十分钟后，他们回到灯火辉煌的县城，亦不感到热闹。或许天太冷，没有人出来，夜市的大排档大多早早打烊。在这样的小城市，哪怕半夜想吃个消夜，恐怕也不容易。

　　鑫龙和斯辰回到酒店门口，向送他们回来的村干部道谢，然后一同到附近寻找吃的。

　　昏黄的街灯一盏一盏地亮着，喧嚣的人声慢慢地沉寂。青石板路干净整洁，有模糊的反光。临街的人家亮着灯，灯影重重，听得见里面有聊天声和电视声。掩不严的窗帘有朦胧的灯光外泄，一团团白茫茫的灯光，轻纱似的被风吹了出来。

　　小城安详静谧，斯辰莫名地想起古龙小说里那些潜伏着刀光剑影的小镇。时光仿佛在这里停滞不前。

　　酒店旁边的横街有几家面食店还没有关门，他们停在一家店门口打量，又望望并排的另外两家。店门装修都差不多，最后他们就近选定一家看起来略为干净的。老板娘在里头拾掇餐具，锅里热气腾腾，闻得见肉汤的香味。

　　他们进去坐定，老板娘也不出来招呼。走南闯北，他们早已习惯了别处的服务不如广东热情，便高声要两碗原味牛肉面，各多加一只荷包蛋。坐车颠簸得厉害，两人不怎么说话，大家都没有说话的欲望，只想草草敷衍肚子后就回酒店休息。

　　天寒地冻，户外风声呼啸，冬天的夜冷飕飕的，更深人静，像世间万物都静止了，只剩下无穷无尽的风，像一条银色的龙，时而悲凉地呜咽，时而凄厉地咆哮，蹿上蹿下，一会儿在远，一会儿在近，四处游走，漫无目的。

　　鑫龙今天白天话不多，到了夜晚睡着后全换成梦话补说了出来。

　　睡到第二日早晨九点钟，他们才起床，空调暖风充足的房间温暖如春。可是阳光为晨雾所笼罩，屋外的雾气单看着就使人感到寒冷。他们轮流在开着电灯的浴间蹲马桶、刷牙、洗脸、刮胡子。浴间门口正对着空落落的衣橱，衣橱上的大穿衣镜亮得明晃晃的，映着浴间里的一切：玻璃墙、洗手池、马桶、钢化玻璃门间隔成的小冲凉房以及里面的淋浴喷头。

　　梳洗完毕，鑫龙嫌弃浴间的镜子不清晰。湿气太重，

镜子蒙着一层雾气和水印。因而他走到门口，又与穿衣镜里
的自己再对视一遍。他摇头侧目看得津津有味，仿佛顾影自
怜，确认梳洗干净了才放心。

　　房间的窗户朝东，窗帘大开，此时大雾已经渐渐散去。
整个房间充满阳光，亮堂堂的，比夜晚空旷宽敞许多。鑫龙
一屁股坐到床沿，将披在椅背的长裤穿上，又把上衣一件件
穿好。

　　迎着窗外照进来的阳光，他凝神拍打着黏在西装肩部和
背部的细屑，一阵噼噼啪啪地乱掸。上面的头皮屑和灰尘纷
纷掉落，飘到空气中清晰可见，仿佛魂飞魄散。

　　洋洋洒洒的头皮屑在阳光下顽皮地轻舞飞扬，宛如微型
的雪花，若拿放大镜来看，必定蔚为壮观。有些拍不掉的，
他用手指轻轻掸两下，神情专注，好像做着一件非常神圣
的事。

　　回程那天晚上，又遇上飞机晚点，快九点了才升空。
遥远的天际繁星点点，斯辰的位置靠窗，窗外的星星远在天
边、近在眼前，仿佛触手可摘却又遥不可及。从高空往下
望，地面像秋收后刚刚发生过大火的农田，密密麻麻的灰烬
里闪着还没有熄灭的火星。

　　经过一个多小时的飞行，地面越来越近，万盏灯火由

远及近。原本是一窠一窠散布在不同地方的星星点点的萤火虫，越来越清晰，越来越亮。萤火虫变成了绚丽的火把，沿着一条条纵横交错的公路一路燃烧。火柴盒似的房子渐渐变大，窗户透着黄的和白的光，人间的温暖气息扑面而来。

回到广东之后，他们又马不停蹄地奔赴粤东。

深冬的霜冻一场接一场，早晨寒气咄咄逼人。幸喜太阳出来，世界变得明朗了。不知名的海鸟在他们头顶凶猛盘旋，黑的白的灰的，气势汹汹，像海盗一样，"呱呀呱呀"地绕着渔船嘶鸣，遮天蔽日。

海上的天空蓝得浓郁，像着了色，仿佛天上的神仙大手一挥泼上去的。然而海水比天空还要蓝，是神仙大手一挥时不小心将颜料瓶子打翻，蓝色的涂料倾倒在凡间。涂料汇成大海，浪花翻滚着，惊涛拍岸。

海天相接处，隐隐约约看得见一条无边无际的线，潮水汩汩地涌过来又退回去，阳光下的浪花白得耀眼。同样白的还有水面上的一层泡沫，宛如肥皂泡。跟着潮起潮落，起伏不定，漂到近处，又漂到远方，化作天边团团如絮的白云。而脚边的海水变得澄明透澈，细碎柔软的黄沙被抚平又起皱，在涌动的水流中若隐若现。

晴天的沙滩那么美，可是除了渔民和海鲜采购商，并没

有什么其他人。沙面上横七竖八躺着许多贝壳，尖的圆的都
有。各式各样、颜色美丽的贝壳十分精致，渔民们习以为常
地视而不见。

天际孤帆，远影漂荡。清晨出海的渔船捕鱼归来了，在
不远处停着，搁浅似的。上空群鸥乱舞，哇哇地叫个不停，
像是想分一杯羹。

渔民们穿着黑色的橡胶服，戴着圆溜溜的竹篾帽，一个
个皮肤黝黑，动作干练。风，呼啦呼啦地吹着，他们在船头
岿然屹立，待船靠岸后从船上跳下来，抬着一箩筐一箩筐新
鲜的鱼虾，蹚过没膝的海水向沙滩走来。等候他们的是采购
商，叼着烟，坐在红色的摩托车上。

没有讨价还价，他们熟络得像自家人。有人挑着秤杆在
称重，有人拿着计算机在算斤两，有人蹲着身子，用笔在本
子上记录。称完重，算好价钱，双方一手交钱，一手交货。
交易完毕，采购商发动摩托车，嘟嘟嘟地一溜烟开走了。

太阳越升越高，夹着湿气腥味的海风轻轻地吹着。远
山缭绕的茫茫雾气散尽，只见天辽地阔，山林莽莽，海浪沧
沧。时间好像已经遗忘了这里，几百年前是这样，几百年后
亦如此。但如今，这番景象恐怕很快就要发生改变。

当地政府要发展旅游产业，游客届时将蜂拥而至，渔民

摇身一变成为民宿老板。或许不久的将来，他们要摒弃日出
而作、日落而息的生活，睡到日上三竿才起床。然后到海边
溜达溜达，吹吹海风，捡捡贝壳和鱼虾蟹，靠着租金就可以
过得滋润。

　　望着他们走远的背影，鑫龙和斯辰缓缓地走着，恍惚觉
得这次出差像旅行度假。脚下松软的沙滩，穴居于潮间带的
圆球股窗蟹探头探脑地出来活动了。这小东西体形迷你，颜
色与沙色相同，在洞口附近觅食。

　　沙滩上隆起一堆堆它们制造的沙团，这些沙团，一粒
粒保济丸大小。细看这小东西，额窄，向下弯。眼窝大，外
眼窝齿呈三角形。甲壳、步足和螯的颜色呈灰褐色，并密布
着点点浅色斑，酷似沙粒的形态。小螯状如叉子，眼睛小而
圆，非常可爱。

　　斯辰抓起一只圆球股窗蟹，顽皮地举到鑫龙面前，问他
要不要带回家给儿子玩。鑫龙正有此意，苦于没有安置其的
袋子或瓶罐。斯辰建议到前面问问渔民，结果大方的渔民爽
快地递了一只红色的塑料袋给鑫龙。

　　担心蟹子会缺水而死，鑫龙特意给袋子里装了些水。然
而等不及回广州，回到酒店这小东西就再也不会动了。鑫龙
非常惋惜，为他儿子未能看到这奇形怪状的小动物，也为他

自己拿着塑料袋走了一上午。

在公司的例行早会上，鑫龙汇报了此行的调研情况。他提议在海边打造一排民宿，不愁吸引不到游客。廖琪芸低头不语地听着，旁听的几个高层迟迟疑疑，没有明确反对，也没有表示支持。

一个星期后，廖琪芸带着人马专程跑了一趟。她比较迷信，又咨询了"御用风水师"。听完"大师"的意见，鑫龙的提议被否决。因为可选地块背后是一片乱葬岗，斜斜的山坡密密麻麻地隆起一个个小土丘，那是坟墓。

阴森森的坟场，白天看着并不觉得恐怖，但晚上呢？可以想象。

海上汹涌澎湃，波浪起起伏伏，一会儿快，一会儿慢。伴随着呼呼的风声、哗哗的波涛声，浪花猛然拍在礁石和沙滩上，粉身碎骨。黑暗中，一浪接一浪，蓄势的水呼啦呼啦的，犹如万马奔腾，一阵又一阵地撞击过来，破碎，溅落，飘散了一天一地。

夜黑得像墨汁，山坡上有呼啸而过的风，夹杂着沙沙的松涛声、幽幽的虫鸣和鸟叫声。各种自然界的声音混杂在一起，唯独没有人声。几栋风吹日晒得破败不堪的民房成了拍摄恐怖片的最佳取景地。

想象归想象，鑫龙将开发的构思图景详详细细地跟廖琪芸说了，满以为她会跟自己一拍即合，顺利扩大公司业务版图。岂料对于风水这种无稽之谈，她却相信十足。

不知道是否因为这些年遇到的事多了，年纪又渐长，廖琪芸有点被害妄想症。她做什么都变得疑神疑鬼、缩手缩脚。她反问道："如果不是风水问题，为什么许多年来这块宝地没有人来开发？难道所有开发商都是傻子吗？"

廖琪芸只看到了这片海滩此前无人问津，没有预言到此后不到三年，那里就热闹起来了。海滨浴场、游乐场、艺术走廊以及粉刷得五彩缤纷的民宿，像神仙大手一挥变了出来。

可是这跟她廖琪芸再无关系，跟她的三创公司也没有关系。她前脚拒绝跟当地政府合作，另一个旅游开发商后脚便进驻了。

等到听说人家搞得风生水起，赚得盆满钵满，廖琪芸悔之莫及，眼红得不得了。这是后话。

每每提及此地，鑫龙就忍不住叹息。他自认为眼光独到，慧眼识珠相中这块宝地，无奈老板有眼无珠，竟以风水为由放弃。

······

年底，急景凋年。每逢此时，领导们开始各种找碴儿，说你这个做得不对，那个做得不够好，总之横挑鼻子竖挑眼。本着"为你好"原则，师出有名地将员工的专业水平痛批一顿。骂完后，年终奖岌岌可危，注定有人愿望落空。

年尾是淡季，裁人总得有个借口。这一招不厚道，但有效。省了年终奖，自动离职的还不用赔偿，企业趁机减少用人成本，真是一箭三雕。

有人不服气，质问为何别人有年终奖而自己没有，反正给出的理由一大堆，不满意也得接受。心里堵着一口气，干不久的——人事部连做思想工作都省了，马上帮忙走交接流程。也有人觉得反正快过年了，好死不如赖活，怎么着也熬到过完年再算。

"此处不留爷，自有留爷处"，有实力的人才够资格说这话。没有实力，被欺负了只能忍气吞声。不过兔死狐悲，从此"躺平"。因为现在有多卖力，走时就有多憋屈，到时觉得亏大了，也无处发泄。

不管有没有年终奖，年会还是要开的，评优、评先当然照评。由董事会和各部门推举的候选者，角逐最佳部门、最佳团队、最佳设计方案、最佳员工、最佳新人等一系列奖项。

评选一般有约定俗成的"潜规则"——论资排辈。

流程肯定会走，公不公平则另说。真正的内幕如何，只有少数人知晓。长长的一串候选名单中，公开投票产生入围者。投票虽说是形式，但能体现人缘的重要性。最终决定权还是在老板手上，票数遥遥领先并不意味着十拿九稳。

年会向来是三创公司一年中最隆重的活动。往年业绩好时，会在酒店包场地，领导们一个个像参加奥斯卡颁奖典礼，穿上华丽的晚礼服。门口放一张大大的签名墙作为大家合影留念的背景板，两边笔直地站着礼仪小姐。

每逢此时，廖琪芸会打扮得气派十足，牵着儿子一路招摇过市地入场，仿佛角逐影后。

现场"星光熠熠"，精兵悍将"磨刀霍霍"角逐各个奖项，照搬了奥斯卡的活动流程。

近年业绩惨淡，又有疫情防控做借口，三创公司与时俱进地将年会改在线上举办。

聊胜于无。大家通过办公软件观看，至少比对春晚更感兴趣。

流程当然简化了许多，没有文艺表演，没有部门获奖感言，只有老板的新年致辞。重头戏是宣布各项最佳评选结果，获奖名单打在大屏幕上。

考虑到公平起见，奖项平衡分发，花落在不同部门。

最激动人心的抽奖环节，也简单了许多。不同于往年的手动抽取小字条上的名字，而改为像电视上福利彩票的抽奖方式。大家的名字在上面滚动，抽奖嘉宾用鼠标点击暂停，定格出获奖者。

年会一结束，春节近在眼前。新年新气象，行政部忙着布置，到花卉市场购置一盆近三米高的盆橘。到了楼下，两个司机抬不动，王主管上来发动两个年轻力壮的男生下去帮忙。四人齐心协力，将盆橘抬进电梯，又抬进公司。

盆橘枝头硕果累累，立刻为公司增添了不少新年的气氛。浓密的绿叶丛中挂满了金橘和红包。金橘像夜色中的小灯笼，温暖柔和的光芒，闪烁着新年最质朴的祝福。"橘"与"吉"音相近，寓意着兴旺祥和、金玉满堂、吉祥如意。

既然新年新气象，公司当然要制定些新的规章制度。公告出来，大家默不作声，当没看见。然而平静的表面之下，群情汹涌："很多公司都是从加强考勤开始，然后制定各种奇葩制度，再到拖欠工资，一步步下坡路直到倒闭的。"

所有制度由行政人事部门负责监督，确保执行，务必落实到位。

工时管理制度规定所有人必须按时提交日报、周报、月报、季度报、半年报和年报，把每天，每小时干了什么都要写得清楚明白。

　　例行会议制度要求定期组织召开部门会议、员工大会、中层干部会议、领导班子会议，随时汇报工作进度，安排工作任务，加强思想工作。

　　每一项考核都有相应的扣分点，条分缕析，环环相扣，关联到绩效薪酬。归根到底，统统与大家的工资、绩效、奖金等切身利益挂钩。

　　考勤制度涉及的迟到、早退、打卡、请假、加班、调休等诸如此类的奖罚规定本来便有，只做了进一步的补充和完善。比如，削减调休时间和严格请假审核。

　　各项新规的出台，无一不比原来更严苛、更细化。老板要求加大考核的力度和通过的难度，务求将大家管得密不透风、毫无破绽。

　　作为被管理的对象，普通员工只有执行的份儿，没有置喙的余地。如果想在公司继续待下去，必须无条件地服从和遵守。这是他们的义务，而没有相应的权利——讨论、决策、制定及拒绝的资格。

　　三令五申，明文规定，禁止不了员工们心里的不满，无不怒斥法西斯主义和独裁者。

　　对于工时管理，市场部的商务经理向来就要每天"交作业"，因而并未大惊小怪。但技术部门的人十分抗拒骤然多了这项任务，愤愤不平地大骂。

"我们有什么好写的？又不是小学生要做作业！工作都忙不过来，还要腾出时间搞这些！"

"效益不好没事干才会叫人写，以前事情多到忙不过来，根本没时间写这些。"

"炒人要师出有名啊，不然怎么扣绩效、裁员？"

公司鼎盛时期，廖琪芸偶尔会慷慨解囊，向贫困山区的居民赠衣送物，拿一块爱心企业的牌匾回来，为她赢得乐善好施的企业家的好名声。当然，这好事也不是做得完全没有私心，多了便索然无味。

如果管理者不能与时俱进，保持清醒的头脑，乐善好施的好名声也挽救不了公司往下坡路走的颓势。而且颓势一旦开了个头，不及时制止就会像山顶上的车轱辘，飞速朝山脚滚去，势不可当。

月度员工生日会变成季度生日会，往后倒没有延长至年度生日会，而是直接取消了。

国家法定休假的四大传统节日，春节、清明、端午、中秋，除掉清明不发放节日礼品外，其余三个向来都有或大或小的福利。例如春节的福利一般为坚果、糖果、饼干之类的年货，端午的为粽子，中秋的为月饼。有时还有米、油、购物卡和节日礼金等，如今取消得一干二净。

今年节日一无所获的员工脸上一团黑云，矛头直指老板，数落她越来越抠。为了对比其"抠"的程度，有人添油加醋地说朋友的公司福利如何好，老板如何大方，像赞美外国的月亮比国内的圆。

他们竞相比拼，替别人虚报几笔礼品假账，引得身边的同事眼馋心热，羡慕不已，继而为自身的境遇唉声叹气，双重叠加地表示对公司的不满。不得不说这有点可笑，实在不够正能量，不利于公司舆论的正面导向。

仿佛只要大家齐心协力，积累的戾气足够多，便可以给老板施压，迫使她将现时不发的节日福利在不久的将来连本带利或加倍地补发回来。

凭空捏造的事，宛如他们在现场亲眼所见、亲耳所闻、亲手所受。说得绘声绘色，似乎没有比他们更了解真实情况的人。估计当事人听了都要大感不解，一脸疑问。

愿望终究未能实现，又感叹别人的公司全是好公司，遇到的全是有良心、有仁义的好老板。好像天下间的公司，除了他们公司，其他都像人间净土、极乐世界。偏偏命运如此不公，唯独他们时运不济、命途多舛，没能摊上好公司，没有福气享受同等的福利。

人有时就是这样偏激，只缘身在此山中，云深不知处。得到的不会珍惜，得不到的永远在骚动。其实有些问题，需要每个人从自己身上寻找原因，不应一味将罪责推卸给别人或归咎于客观因素。

要是员工们能跳出当事人的迷局，从旁观者的角度来看问题，一切也许便清晰和了然了。只有如此，集体和个人的境况才有可能发生质的改变。

三创公司面临困境大家都知道，然而糟糕的是当局者迷的不止员工——都糊涂到一块儿去了。人倒霉时连吸口气都要被呛着，傻起来更没底，像鬼迷心窍似的不由自主。

公司业绩转差，廖琪芸将各部门负责人逐个请去谈话。门着关，但外面的人听得清清楚楚。一顿杂七杂八、掷地有声，中层们被骂得摸不着门。一个个低垂着眼皮，耷拉着脑袋，不敢回嘴，不敢解释，不敢狡辩，屁都不敢放一个。被骂完后，哭丧着脸出来，再将气撒在自己下面的人身上。

因为业务不忙而人才过剩，领导们有充足的时间和精力去重新考虑组织框架的问题——调整一下，看能不能转换运气，调出好风水来。这里挪一挪，那里拼一拼，变出许多新花样新面目。有的部门合并，有的部门撤销，东凑西拼，十分热闹。

行政部几乎没有变动，然而也怨气冲天，因为上下都不讨好。

框架一调整，座位也跟着变动。每次挪位置就有人不满："当我们是砖头吗？换你你愿意吗？有没有考虑过我们的感受？站着说话不腰疼，又不是你搬，当然说得轻巧了！"

普通员工三天两头换位置，领导们同样不闲着，办公室也换了几遍。

换着换着，将许多人也换没了——受不了折腾，辞职了。

新来的人事总监建议公司采用一套新的办公系统以加强对员工的管理，并征得了董事长同意。他要求全体员工按表格将所有家属信息，包括在哪儿上班、什么职位都写清楚。

唯恐有人不配合，通知明文威胁谁不填写，将扣掉下个月绩效工资的百分之二十。

通知在公司的微信群发出来后，众人看得心头火起。

"他是计生办还是公安局？是入境处还是移民局？他连解释都解释得不清不楚，就让我们填，还好意思问我不愿意填的原因，这不是无理取闹吗？"

"起码先告诉我们填写的理由，一个清楚明白的理由。

都不知道他是脑子进水，还是发烧烧坏了脑子！"

"凭什么要交代清楚家属信息？我们只是跟公司签订劳动合同，不是卖身契，没有权利让我们把家里的所有信息都交代清楚！"

公司这样无非是要员工供述自己的社会关系，拥有哪些资源，便于全员营销拉业务。

连从不忤逆领导的商务经理也按捺不住了："什么公司发展要求？什么都搞不清楚就要人家提供家属信息！"

从民意反映来看，对新的办公系统支持率不高。廖琪芸头脑发热一过，也犹豫了，觉得成本高，每年还要另收一笔不小的维护费，没有必要。而调查家属信息，员工又不配合，无法强制执行。最终事情不了了之，没有了下文。

没有新项目，公司的裁员速度赶不上走下坡路的速度。员工像躺在瓜地里的瓜，冬瓜、南瓜、西瓜，矮胖的、滚圆的。大太阳没遮没拦地照着，瓜在一片片墨绿的叶子下面，一动也不动，没有思想，没有危机意识。它们懒洋洋地等着瓜农来松土、除草、施肥、浇水，就像员工等着老板发工资。

闲下来，人的想法便会多。就算想法不多，也会斗志削减，浑水摸鱼过日子。三创公司逐渐演变成大型"鱼塘"。

员工一个个在"摸鱼",而且都是"高手"。惊世骇俗的"摸鱼绝技",叫人叹为观止。

第一批裁员名单公布,设计师小严榜上有名。最后一天,她特意化了个浓妆,穿一条淡蓝色蕾丝边的新裙子,妆扮得比往日更加顾盼生姿。她没想到会被裁员,决定走也要走得漂亮。留下个优雅的背影,供人念想、惋惜,证明她的离开是公司的损失。

其实没几个人会特别留意她的变化。入职离职的同事太多,谁也不大关心谁走谁留。像她这样的小员工,不相熟的同事不会注意,领导更加不会注意。流动性太大,一个普通员工离开就像山涧里随流水漂走的一片树叶,无声无息。

中午小严与几个相熟的同事围在一起依依惜别。她们差不多同时入职,年纪相当,个性相投,出出入入连上洗手间都一道去,宛如义结金兰的姐妹,被人理所应当地视为一党。尽管不舍,分别在即却连饯别饭也没有,都习惯了从家里带饭过来或叫外卖。

话虽说不聚餐送别,以免徒增伤感。事实上大家都知道,人走茶凉,何必彼此为难和破费?职场的情谊有时便如此凉薄。共事时可以好得情同姐妹,一起吐槽顶头上司,吐槽老板,讲同事之间的八卦是非,然而分开后便没有共同话题可聊了。缘尽，从此天涯海角，不再相见。

以前公司的领导叫小严如果在外面混不下去，只消说一声，随时欢迎她回去。但她的尊严和倔强不允许她这样做，混得再不好也没脸回去。

不管是否是客套话，当初走得那么决绝坚定，现在被人家"炒鱿鱼"了才灰溜溜地"吃回头草"，怎么着也丢不起这个脸。

寒冷寂寂的旧历年尾，风很大，呼呼地直扑过来，吹得她脸生疼。路上塞车严重。耳朵塞着耳机，播着张震岳的《再见》，她的眼泪止不住流了出来——哭给自己看。

她索性彻底释放自我，设置单曲循环，反反复复听着："我怕我没有机会，跟你说一声再见，因为也许就再也见不到你。明天我要离开熟悉的地方和你，要分离我眼泪就掉下去……"

遭遇裁员的不止她一个，可是年关临近，触动了思乡愁绪。孤身在外打拼的小女孩，不仅拿不到年终奖回去过年，眼下面临失业，难免心境凄凉。

预算部三个人也被裁掉两个，剩下一个工资最低的新人小刘。小刘能力有限，很多事处理不了，公司便将这一块业务外包给第三方，他只需帮忙进行对接。

　　上班的闲暇时间多，小刘没事就忙自己的网店。他做微商，卖高档鞋、化妆品、名酒、手机……不知道他哪来这么多门路。同事知道他有货源，偶尔也光顾。他不刻意掩饰自有副业。

　　小刘自备一台手提电脑，几部手机同时运作。因为有些页面和账号，不好直接用公司的电脑来打开和登录。且副业的资料存在个人电脑，方便从家里带去公司；反之亦然。

　　别人不知道他的小间隔里别有洞天，以为公司只他一个预结算员，会忙得上厕所的时间也没有。领导三番五次表扬他积极加班。他是在加班，不过是忙私活。

　　其实，事出古怪，必有蹊跷。稍留心的人都会想，公司配给的电脑不用，偏要用自带的，大概率有猫腻——十有八九在忙私活。了解真相的人不知道该佩服这种人工作效率高，"隐身术"高明，还是该笑话领导糊涂。

　　小刘成了大家默认的级别最高的"摸鱼大王"。年纪轻轻，他会赚钱，更会花钱，吃最好用最好的。基本上赚多少花多少，大手一挥，眉头不皱。他上班是为了打发时间，冲着公司给购买五险一金。区区几千块工资，在他眼里权当零花钱。

　　这天刚发了上个月工资，几个同事到阳台打乒乓球放松身心。

　　黄昏的太阳无力地往下坠，像一只巨大的鸡蛋黄，滑溜溜地坠下去，坠下去，仿佛下面吊着无形的重物，牵扯着它急剧地往下坠。或是地心引力过猛，将它竭力吸下去，想反抗也无能为力，因为沉重的肉身过于笨拙。

　　小古和小邓正较量得激烈，旁边等候的小周和小罗一问一答闲聊着，慨叹之中夹着讽刺。

　　"上个月有没有被扣绩效？"

　　"扣了百分之二十。你呢？"

　　"我被扣了七百多。"

　　"呵呵，没有新项目，这个月估计扣得更惨！"

　　"是啊，也不告诉理由，反正说绩效没达标。"

　　"工作是照常做的，不过的确是没有新项目了。"

　　"你们部门有没有说要裁人？"

　　"没听到消息。不过这样扣工资，不就是变相逼人走嘛！"

　　"谁说不是呢？公司这样操作，小杨说不想干了，在找下家。"

　　"现在行业整体不景气，怕是不好找。"

　　"可不是嘛，听说之前施工组那个小梁还没找到呢。"

　　"什么？梁浩？他不是走了半年了吗？还没找到？"

"听说是。上个月走了的小许也说投简历没回音，可以想象现在找工作有多难。"

"我是不会主动走了，除非给我赔偿。"

"我也是。做一天和尚撞一天钟。"

"我们这边很多项目给杭州的同事接手了，不知道是不是要把广州公司撤掉。"

"照这样子下去，很有可能。反正我们部门老大已经给我们打了预防针，随时可能裁人。"

"你们部门人比较多，现在又没有新项目，估计很多人在摸鱼。"

"是呀，我们也不想！有活干谁会摸鱼啊？"

"唉，真难！"

"你以为我们不想走啊？要是有好的工作，谁愿意在这里浪费青春？总觉得我们闲着！"

"以前写月报，后来写周报，现在写日报，具体到每个工时干了啥都要写清楚！"

"那是因为以前项目多，忙，根本没有时间捣鼓这么些乱七八糟的工作报告。现在闲下来，行政他们变着法子来制裁我们了，这也是老板为扣工资找理由。"

"写就写呗。一开始挺抗拒的，现在习惯了，我无所谓。

关键是月月这样扣工资，按这个扣法，迟早要被逼走。"

"公司就是这样想的，让你主动走，不用赔偿。"

"不知道过年有没有年终奖？"

"照目前的情形，难说。"

"唉，有头发谁也不愿意做秃子。这样下去不是办法，过完年要找找看了。"

说着说着，听到场上打得兴冲冲的小古忽然喊："轮到你了，小周。"小周睁着两盏灯一样的大眼睛望着他问："输了？"

小古有着鸟喙似的鼻子，黑瘦的脸没有电灯似的眼睛亮着，显得更加黑瘦。他摇摇头说："输了。"小周接过球拍，上场接替小古。

在小周原本坐的椅子上坐下，小古点燃一根烟，慢悠悠地吸着，又和小罗攀谈起来。外面是干净的天，微风从左边屋角的方向斜斜地吹过来，靠着护栏生长的簕杜鹃像跟风打招呼，轻轻地点了点头。

簕杜鹃花多叶少，密密匝匝的花丛中略微点缀几片不甚显眼的绿叶。搭眼一看，红艳艳一大片几乎布满护栏，像一张大红绒毯铺在那儿晾晒。花朵开得太密集，抢夺养分竞争激烈，有的还没枯萎就已凋零。一朵朵随风落下，有几朵飘到楼下的阳台去了。

十一

　　大年初七，是民间说的"人日"，也是很多企业年后上班的第一天。但在广东，尤其是私企，一般选择初八开工，因为"八"寓意"发"。然而三创公司是严格按照国家放假规定执行的，所以不管七七八八的说法，照常开工。

　　那天早上，小雨初停，天灰蒙蒙的。刚结束一个晴暖的春节假期，新寒暴冷。昨夜雨势较大，路面湿漉漉的，全城的街道路面到处是一洼洼的积水。公交车驶过水坑，溅起一片污水花。路边候车的人躲闪不及中招，或者虚惊一场。沿途车辆和行人不多，大部分人回外地老家过年未回来。许多公司仍关着门，冷冷清清的，不见人影，听不到人声。

　　潇潇春雨，阴晴交替。长假结束，大家尚未从过年的情绪中恢复过来。落在老家的心也没收回来，回到紧张的工作环境难免不适应。所谓的节后综合征，老板和员工均不能幸免。行政部昨晚很通融地说开工第一天，晚点到公司也不算迟到，结果十点半了人才陆陆续续地来。

听说杭州下雪了。总公司的同事将雪景图和小视频发到微信群。看着纷纷扬扬的雪花从天而降，地上白茫茫一片。树上挂着火红的灯笼，在皑皑白雪中格外动人夺目。广州的同事少见多怪地惊呼好美，万分羡慕。然而广东自有叫人羡慕的广东的风俗。

在中国，论对拜神的痴迷，广东一定位列前排。尤其春节前后，广东拜神的风潮最盛。

拜神对于广东人而言，就像煲汤一般，是一门必修的功课，是一种精神寄托。每逢初一、十五，广东人都要烧香拜佛，更别说年后开工这样的大事了。

略显凄清的早晨，锣鼓声就已经咚咚锵锵地响起来了，仿佛从很远的地方飘过来。

王主管没主持过拜神仪式，在网上查阅相关资料，提前买好祭品，按流程操作。在公司门口摆放一张茶几，充当临时祭台。

早上十点，人未到齐，祭品已准备好了。甜橙、砂糖橘、苹果、雪梨、蜜柚、清茶、糖果、花生、饼干，以及锡箔纸、香烛等祭祀用品，琳琅满目。上好的粤式烤乳猪色泽油亮，皮酥肉嫩，看得人垂涎欲滴。

赵仁波经理致辞，说了一堆每年大同小异的祝福话，随后率领各部门负责人先上香叩拜。现场香烟缭绕，让人恍如置身寺庙，很担心头顶上的消防喷头会突然洒大家一身水。

因为禁止燃放烟花爆竹，便用礼炮顶替。两个高大的男同事手持礼炮，微笑地站在祭台左右。"砰砰"两声，五彩纸屑犹如天女散花，漫天飞舞，散落在众人的头发和衣服上。

领导祭拜完毕，轮到普通员工上香，或口中念念有词，或心中默念。祈祷新一年工作顺利、身体健康，公司财源广进，赚得盆满钵满。现场气氛欢腾起来，纷纷拍照留念。

祝福声中，赵仁波派发开工利是，员工们鱼贯走到他面前领取，祝福和感谢。有的员工趁着长假顺便休年假，缺席了开工仪式。往年开工红包人人有份，今年不到场的就没有了。

利是派发完毕，到切烤乳猪的环节，也由赵经理带头。

乳猪代表"吉祥如（乳）意"。烤乳猪色泽鲜亮红润，寓意红红火火。广东人称切乳猪这一举动为斩乳猪，意为从头斩（赚）到尾。年轻人大快朵颐，没空研究这道岭南美食的悠久历史和美好寓意。

　　吃着烤乳猪，大家顾不上满嘴油腻，高举红包又来一次合影留念。至此，开工的拜神仪式才算圆满结束。跟其他公司敲锣打鼓、舞狮舞龙相比，三创公司的开工仪式实在简单，因此行政部召集众人到会议室，表示还有惊喜。

　　会议桌摆满点心、饮料、花生、瓜子……这些东西大家过年在家已吃过不少，算不上惊喜，一个劲起哄让领导们发红包。赵经理摆摆手，请大家先落座，享用桌上的美食，分享春节的愉快经历和家乡的风俗习惯。大家兴致不高，每人简单说了几句，有些还是雷同的。

　　座谈会完毕，发红包的呼声又是一浪接一浪。手气不佳的人呼声最高，"再来一个，再来一个"，喊话手气好的同事将好运气分享出来。手气好的同事推却不掉，发了一轮又一轮，结果抢到的红包加起来还不如发出去的多。

　　线上红包派完，还有线下的。从会议室出来，大家还没等领导坐定，便成群结队拥进去喊"恭喜发财"，像入室抢劫。拿到红包的人笑逐颜开，又跑到下一家搜刮。各个部门走一圈下来，大家收获颇丰，偷偷比较谁给的红包最大。

　　广东人派利是旨在图个"意头"和欢乐，"含金量"往往不高。不过胜在热闹，施与受的人都开心，将战利品一字排开，拍张照片发到朋友圈秀一把。

　　整个上午，远远近近都有公司敲锣打鼓庆祝开工，锣鼓声此伏彼起、此起彼伏。一家公司偃旗息鼓，另一家公司又热闹起来。这才发现不少公司请来了舞狮队表演。

　　锣鼓声撩拨得人无心工作，许多人从半开的玻璃窗探出头看热闹。舞狮人全身披包狮被，下穿和狮身相同毛色的绿狮裤和金爪蹄靴，外形和真狮极为相似，一会儿腾翻、扑跌、跳跃、登高、朝拜，一会儿搔痒、抖毛、舔毛，惟妙惟肖。虽然围观者不多，但也表演得十分卖力。

　　楼下的锣鼓咚咚锵锵地敲个不停，在空寂的城市格外响亮。听不见街上有人声，即使有，也被压下去了。到了中午，阳台现出一抹惨白的日影，太阳渐渐高了。谁也没料到早上还阴惨惨的天居然转晴了。

　　没有几家快餐店开业，点外卖可选择的菜式非常有限。过年在家吃好睡好，鸡鸭鱼肉尽管敞开肚子吃，上班想吃个好点儿的快餐都不行。

　　往年春节，年前有公司团年饭、部门聚餐，年后有开年饭，哪一顿不是大鱼大肉胡吃海喝？后来别说山珍海味、饕餮盛宴，连普通聚餐都成为奢望。第一年互相安慰明年就好，第二年还乐观地期待春暖花开。到第三年，谁也不再期待，只字不提春暖花开。

　　这两年内外交困，公司的处境每个人都知道，抱怨年终奖"缩水"。但也没办法，能准时发工资就不错了，没有降薪裁员已是恩赐，指望像往年有五花八门的福利简直痴心妄想。

　　一年又一年讨下来，年年盼望年年失望。

　　年终奖在除夕前发放，当时已经放假，大家未能及时当面打探究竟。时过境迁再提起也许只会徒增不快。然而这是同事之间最感兴趣的话题，没有不了了之一说。

　　不患寡而患不均，不患贫而患不安。关于年终奖的事，领导专门叮嘱过，慎防有人大闹着不依不饶，搬出"人人平等"的话。

　　没拿到奖金的人，听到别人也没有，心里的气才平复了些。若"人有我无"，心里必定不平衡："同一家公司，同样的员工，凭什么别人有而我没有？"此后便要心安理得地怠工，理直气壮地"摸鱼"。

　　拿到奖金的人将嘴守得严严实实，生怕引起别人的"仇富"心理，会被打劫抢了去。因而，哪怕心里暗自欢喜得到老板另眼相看，嘴上也必须严丝合缝，矢口否认。

　　有的人除了坚持不说出真相，还"戏精"上身地装出一脸苦相，跟着抱怨，连声卖惨。仿佛他遭到了更不公平的待遇，比拼谁更可怜，且务必将对方比下去。

　　廖琪芸秉持多一事不如少一事的原则，假使员工人多势众来追问为何区别对待，她已准备好一百套说辞反驳。老板们悭吝、剥削、诱骗、"画大饼"样样精通，不管什么事，能够大事化小、小事化了是最好的结果。

　　无论在哪里，总有"春江水暖鸭先知"的人。

　　公司的境况如老太太过年——一年不如一年。根据可靠人士透露，季度聚餐活动将取消。想当初可是月度聚餐，老板以身作则，带头吃吃喝喝，联络感情。后来月度变季度，现在干脆取消了。

　　有的人在公司的辉煌时刻入职，见证过巅峰的荣光，享受过最好的福利，无法接受这份落差，选择黯然离职。然而离开后一个月、两个月、三个月，大半年了还没找到下家，更加落魄。

　　找到下家却过不了试用期的也大有人在，沮丧地发现还不如待在原地。懊悔已来不及，没有回头路可走。三创公司眼下只出不进，能强撑着维持下来已极为难得，想"二进宫"的人根本找不着门。

　　命运的潮水漫上来之际，个人是何等渺小与无助。

　　这天晚上，鑫龙又加班。

　　晚上九点多，他开着车缓慢地行驶在无际无边的夜色中。终于要到家了，在进小区之前，他将车停在路边，就那么呆呆地坐在车上，听着音乐，点燃一根烟。他本来不抽烟的，新近才学会。

　　他深深地吸了一口，缓缓地吐出来烟圈，一圈又一圈在黑暗中消散。燃着的烟头在黑暗中一闪一闪，像一颗红宝石，挂在他嘴边，在空旷的夜里，在逼仄的车内。

　　家里的阳台此刻必定透着雪亮的灯光，屋内的两个孩子一定在客厅的灯下，坐在圆桌旁温习功课。孩子天性爱玩，再乖巧懂事的孩子也不例外，时常走神。即使手里拿着笔在作业本上写着、画着，或者捧着本图画书、童话故事静静地翻着、出神地看着。聚精会神久了，也会累，偶尔忍不住发呆，木木的不知道在想些什么。快准备要睡觉了。

　　鑫龙老婆今晚值夜班，监督的职责由老父亲暂代。父亲没什么文化，担负不起辅导功课的重任，只能从旁盯着、陪着，到点再催促孩子们刷牙、小便，上床睡觉。

　　英国作家刘易斯·卡罗尔的《爱丽丝镜中奇缘》中，红桃皇后对爱丽丝说："在这个国度，你必须不停地奔跑，才能停在原地。"鑫龙每天都在奔跑，可是此刻他很累了，只想歇一歇。

　　他在结婚之前读过张爱玲的小说《半生缘》，里面有句话说："中年以后的男人，时常会觉得孤独，因为他一睁开眼睛，周围都是要依靠他的人，却没有他可以依靠的人。"那时他还不能够充分地理解，现在只觉得这句话非常精辟地描写出了一个中年男人的现实窘况。

　　公司最近换了个新的保洁阿姨，鑫龙闲聊中才得知原来的阿姨辞职了。原因据说是她儿子得了抑郁症。

　　阿姨的儿子从小聪明可爱，中考考上了一所省重点高中。学校里成绩好的孩子比较多，她儿子的成绩就显得不那么拔尖了。

　　因为是普通工人家庭，所以阿姨夫妇把希望都放到了孩子身上。他们看不得孩子歇下来，只要孩子一停下，他们就给孩子施加学习压力，完全忽略了孩子的感受，也没太注意孩子的心理变化。

　　孩子慢慢地变得不爱说话，爱发呆，爱自言自语，说班里谁谁谁不好，谁谁谁肯定作弊了。但孩子不淘气也不捣乱，阿姨和丈夫就没放在心上。结果孩子越来越出格，演变成三天两日就离家出走，在家附近的珠江边一待就是一夜。

　　他们这才紧张起来。看得紧了，孩子便开始发脾气，摔东西。渐渐地，那个听话乖巧的儿子不见了，必须每天有人看着，不留神就出走，回来就发脾气。

最后没办法，夫妇俩带儿子去看医生，才知道是得了抑郁症。儿子吃了药以后，人有点呆，发胖，变了样。倒是不出去也不发脾气了，但整天呆呆傻傻的，叫人看着难受。送过几次医院，费用高，也负担不起，里面环境也不太好，担心儿子受罪，只能天天看在家里。

阿姨两口子都是普通工人，原本指望儿子学有所成，不要过他们那种打散工的生活。现在她儿子二十多岁了，整天在家发呆，什么都不能干。连锁反应，身心俱疲的阿姨身体也变得不好，不能出来打工了，只能在家看着儿子。

离职那天，阿姨提到儿子，言语神色充满了悔意。她说儿子变成这样是她夫妇俩一手造成的。

了解完事情的前因后果，鑫龙默然良久。他决定，再也不把两个孩子逼得那么紧了，下学期的补习班由他们自己决定要不要去上。

至于那些杂七杂八的兴趣班，都是可有可无的。即使报，也没必要报那么多。他只要他们健康快乐地长大便好，其他不再那么重要了。

第二日，天色格外阴暗。春天乍暖还寒，太阳怕冷似的躲起来了，隐身在云层里像缩头乌龟，不比在夏天，老早就出来耀武扬威。玻璃窗关得紧密，风费那么大的傻劲也闯不进鑫龙的房间，似乎有点恼羞成怒，愈发有飞沙走石之势，使劲将气撒在阳台的植物身上。

吊在半空的绿萝被吹得高高飘起，富贵竹和万年青几乎被拦腰折断。攀爬在防盗网上的簕杜鹃也不能幸免，东倒西歪的。呼啦哗啦，悬挂着的衣服被风折腾得简直要挣脱衣架，吓得下面的水仙花都不敢开了。

刚好是周六，一大早，鑫龙还赖在床上。可是他老婆已经把女儿从被窝里揪出来，监督她写作业。不能说老婆重男轻女，可儿子的确是得到了特赦，能够继续跟周公约会。

鑫龙本打算睡到中午才起来的，但听到老婆和女儿一问一答的对话，睡意全无。

"中午想吃什么？爸爸说要请你吃大餐。"老婆温柔地问。

"我要吃肯德基！"女儿很开心，心直口快地说。

"不行，肯德基是不健康食品。"

"那吃麦当劳。"

"也不行，麦当劳也不健康。"

然后，就没听到女儿说话了，似乎不开心，沉默。

"你可以吃烤肉、火锅、炒菜都可以。"老婆又说。

女儿继续不说话。

"那你想吃什么呢？你想吃什么你爸爸都会答应你。"老婆耐着性子问。

"我就吃麦当劳。"女儿犹豫了半天才说。

"那怎么能行呢？麦当劳是垃圾食品，我怎么可以让你吃？你爸也不会让你吃。之后呢？"老婆的耐性在逐渐丧失。

"那我啥也不想吃。"女儿像是赌气，鑫龙能想象她说这话时撇了撇嘴的样子。

"那行吧，咱们去吃火锅吧。"老婆没好气地替孩子做决定。

"不想吃。"女儿低声说，语气非常难过。

"不想吃？你到底要吃什么？你说呀！你这孩子怎么就不讨人喜欢呢？想吃什么直接说出来，你不说我们怎么知道？"老婆吧啦吧啦像机关枪似的说了一通，听得鑫龙异常暴躁。

鑫龙知道，他老婆想吃火锅。

孩子的问题不大，鑫龙会想办法跟老婆沟通，慢慢改进教育方式。然而让他更为担心的是父亲。

父亲连日身体不适，在社区医院看了，也吃了药，仍然不济事。鑫龙请了假，冒雨带他到医院检查，病情已到晚期。

看着难民营似的医院，人山人海，父亲执意不肯住院。候诊室和注射室的儿童哇哇大哭，检查室和取药窗口前排着长龙。回廊下的石椅上躺着坐着病人和家属，一个个了无生气、神情沮丧，犹如行尸走肉。

护士推着轮椅经过，上面的病人瘦得皮包骨，紧闭双眼，虚弱、面无血色，奄奄一息，任人摆布。父亲不想成为他们中的一员，说一把年纪了，什么结果都接受得了，不愿意躺在医院等死。

医生的话在脑海回荡，仿佛天旋地转，鑫龙的心情跌至低谷。母亲吃了一辈子的苦，好不容易熬到他稳定下来却撒手人寰，现在父亲又如此。

胡思乱想之际，他手机响了。北京的同学到广州出差，约他出来聚聚。十几年没见，又是周末，他不好说出扫兴的话，强颜欢笑要尽地主之谊。

见了面，鑫龙问同学想去哪里。他郁郁寡欢，但脸上仍表现出云淡风轻和"有朋自远方来"的喜悦。

同学笑道："人生地不熟，你是'地主'你做主呀，哪里好玩去哪里。"顿了一下又说："当然去有名的景点啦！"

　　鑫龙想到的不外乎北京路、上下九、广州塔这些，凑在一起来个"广州一日游"。

　　此前巴黎圣母院失火令人印象深刻，同学便道："要不，去圣心大教堂吧！"

　　来广州多年，鑫龙没去过教堂，疑惑道："什么？圣心大教堂？去干吗？"同学说："我知道圣心大教堂被誉为广州的'巴黎圣母院'，想去瞧瞧。"

　　鑫龙当然知道巴黎圣母院，为失火遗憾万分，却不知原来广州也有一座有名的教堂。

　　天下事可没有人说得准，天晓得明天和意外哪个来得更快。

　　巴黎圣母院如此伟大的古迹，有着严密的安保措施，尚且遭遇不幸。他父亲一个平凡老人，如何逃得掉世间疾苦？

　　圣心大教堂像所有的宗教场所一样庄严肃穆，来自四面八方的信徒在里面默默倾吐心事。鑫龙立刻想到《少女的祈祷》，"祈求天父做十分钟好人，怕发生的永远别发生"。

　　他虔诚地望着耶稣基督和圣母像，天父可会听到他的心声，不得而知。

　　晚上，他们夜游珠江。

　　站在船上，隔着波光粼粼的江面，岸边笔直矗立的广州塔七彩生辉。江面游轮穿梭往来，两岸灯火通明，霓虹闪烁。风从江上迎面吹来，夹着微凉的水汽。

岸边的花城广场游人如织。有人夜跑，有人散步，有人跳舞。大花坛栽着高大的木棉树，那直径没个几十年定然长不成，以广场的建造时间推算，显然是从别处移植过来的。

稀疏的树叶在夜色和灯光中，堆叠成黑乎乎的一团团，上面是墨蓝的夜空。树脚边参差生长着灌木和花卉，一丛丛一朵朵，缠绕着一串串细碎的灯饰。过分刻意的人造美景。

几处形状不一的喷水池，笔直的水管在中央支着，喷出来的水柱像一把撑开的太阳伞，又像一朵透明的大花，底下的潺潺流水也是人工的杰作。

水池边缘密布着红的、绿的、黄的、白的、蓝的灯饰，不停变换着不同的颜色。光影在水面厮杀，投影在池底仿佛缀满了星星点点，闪闪发光，宛如一条小型的银河，从天上搬了下来。

……

大太阳下，夏日的马路显得干净至极。没有风，路面树影斑驳。天气太热，路上行人很少。

鑫龙一个人在树荫下走走停停，慢得像踱步。前面有个人匆匆地走着，像受不了地面升腾的热气，脚步不停加急，背影渐行渐远。

鑫龙漫无目的地东看看西望望，不知不觉走到一个广场。广场中央有个荷花池，是上班族午休散步、夏天赏花和冬天晒太阳的胜地。

这天中午刚下过雨，荷花池的叶子团团圆圆地擎着一颗颗晶莹剔透的水珠，在阳光之下熠熠生辉。雨后初晴，天边挂着一道弯弯的虹，明艳绚丽，七彩流光。后来，渐渐淡了，散了，了无痕迹，仿佛不曾出现过。

眼前景致煞是好看，鑫龙却无心欣赏。他的心焦灼得如同天气。下一季度的业绩该怎么办？

他又开始焦虑，永远记不住"车到山前必有路，船到桥头自然直"。然而习惯了，年关难过年年过。

生活有时像个斗兽场，不是你死，就是我亡。危险无处不在，要不断搏斗，不断厮杀。稍不留神，便会被制服，被吞噬，一命呜呼。

常言道，商场如战场。职场也如此。

来三创公司，鑫龙本想大展拳脚，干一番大事，却发现一切不是那么简单。

舞台不是想象的舞台，宏图也没有如想象般大展。三番五次赌气不想干，又下不了决心。

晚上，他烦躁不安地在书架前走来走去，瞥见落满灰尘的《围城》。抽出来一翻，就翻到汪处厚向方鸿渐支招如何升做教授那一页。他高兴得差点一蹦三丈高将书架撞倒。

老奸巨滑的汪处厚说："你在本校升不到教授，换个学校就做到教授。假如本校不允许你走，而旁的学校以教授相聘，那么本校只好升你做教授。旁的学校给你的正式聘书和非正式的聘信，你愈不接受，愈要放风声给本校当局知道，这么一来，你的待遇就会提高。"

办法不嫌旧，管用即可。

鑫龙以前囫囵吞枣地读过《围城》，早已忘得一干二净，印象全无。此刻，他像习得武功的速成大法，醍醐灌顶，茅塞顿开。要不要依葫芦画瓢地虚晃一枪，放点儿跳槽的风声出来？

他不是真的想离职，只想故弄玄虚地给廖琪芸施压，好给他升职加薪。

公司就这么大，升不升职不打紧，现在差不多到天花板了，再怎么升也不可能超越廖琪芸。他旨在加薪，升职只是个途径。如果不升职而求加薪，就有点像发动战争而师出无名。

于是，鑫龙有意无意地提及师弟给他推荐了一份工作。

　　不敢将话说得太绝，他深知将老板"炒掉"的那一刻虽然解气又解恨，摔门而出的样子也很潇洒很有骨气，然而，总有人事后懊悔"冲动是魔鬼"。没有底气的意气用事是刹那光辉，绝非永恒。

　　不是所有跳槽都能往更高更好的平台跳的，万一跳到一个大坑也未可知，有可能被坑得体无完肤，混得不如在原来的公司。吃回头草可是要放得下自尊的，最后很可能落得两头不到岸的尴尬处境。

　　早前，他们有个同事将离职提得斩钉截铁，毫无转圜余地。他信誓旦旦地说，哪怕在外面混得不如乞丐，都不回来。自然没人强行挽留，以免妨碍人家飞黄腾达。

　　后来听说其十分落魄，又不好意思灰头土脸地回来，被别人双重地轻看——即使别人没有，他也想当然如此。

　　对于鑫龙放出的风声，廖琪芸很快有所耳闻，决心晾一晾这"见异思迁"的人，静观其变。

　　她当然清楚不平则鸣，同样了解人性之中的不怀好意。

　　有的人稍微做出一点儿成绩，就自以为劳苦功高，仿佛地球缺了他不能转动，便狮子开大口要这要那，又是升职又是加薪，反正诸多要求，百般理由。愿望得不到满足就名正言顺地另谋高就，美其名曰"人往高处走"。

　　然而鑫龙终究是有两把刷子的，这毋庸置疑。虽然他有时偷奸耍滑，到底是迫于生存，丛林法则的其中一种。廖琪芸能在主流媒体露脸，能够进入几个专家库，得到几个能拿得出手的头衔，少不了鑫龙的功劳。

　　过了好些日子，廖琪芸让程咏来试探鑫龙的口风。

　　鑫龙继续故弄玄虚，将嘴巴上了锁，绝不表现出背叛之心。

　　他不像有的年轻人本就没有打算与公司同生共死，只预备拿公司作为跳板，混个经验后果断说再见。这山望着那山高的人比比皆是，去下家亦未必能得到重用。

　　互相较量了几个回合，廖琪芸看穿了鑫龙的心理，没有给他升职，也没给他加薪。

　　又新招了个市场部副总监，叫吴明，过来找鑫龙对接工作。

　　他静静地站在鑫龙背后，一脸云淡风轻，看鑫龙整理电脑的资料。

　　他没有显露任何表情——如此轻轻松松得到人家的心血，心里高兴也要不动声色。

　　鑫龙心里嘀咕，当然厌恶别人不怀好意地刺探。

　　有人在旁边盯着，即使不至于如坐针毡，也不免有点心神不定。

鑫龙万分不情愿，又不好意思叫他先走开。毕竟吴明级别比他高，尽管不在同一个部门。

廖琪芸生怕鑫龙不肯将手头的资源和盘托出，特意过来交代，要积极协助对方熟悉工作，配合开拓市场。

吴明在一旁听着老板语重心长的嘱托，使他像手持搜查密令，那么光明正大、名正言顺。

有人撑腰，盯得再紧些也无妨，证明人家虚心融入公司。

将这些资料积累起来，鑫龙可是花了几年时间的。

构建任何一张关系网络都不容易，应酬客户常避无可避地喝得酩酊大醉。一下子拱手相让，像把养了多年的孩子送人，如何舍得？怎能心甘情愿？

鑫龙刚来公司那会儿，找要离职的同事交接工作。对方同样不情愿，藏着掖着，不愿意倾囊相授。他还愤愤不平地找老板打了个小报告，说人家不配合。如今时移世易，风水轮流转，总算轮到他体会别人的心境了。

虽说是为了公司，可谁也不想将拥有的东西毫无保留地移交出去，成为别人成功的垫脚石、邀功的筹码。这是人之常情，担心自己没有利用价值，老板便可"飞鸟尽，良弓藏；狡兔死，走狗烹"。

牺牲的感觉太明显，像被窥探了最不愿别人瞧见的隐私。演员裸身出镜，尚有个为艺术牺牲的名目，他呢？仅仅因为老板的一句话。

仿佛听见一个空灵的声音幽幽地说："你手头有那么多资源、资料，通过你，他可以少走多少弯路啊！正常人都会从你入手。"

他不由得斜斜地往右后方瞥了一眼，只看到对方圆鼓鼓的肚子。里面一定装满了弯弯曲曲的花花肠子。当然，还有心机。他直觉此人不可深交。

这是鑫龙来公司的第三个年头了。

他今年四十岁，尽管看起来比实际年龄要大。这个年纪不上不下，能去哪里？像一块砖头，哪里需要哪里搬。叫跑业务，他就得去跑业务。不同意就自寻出路，由不得他。

不是没考虑过另谋高就，只是想来想去也想不出一条切实可行的路。

在求职市场，三十五岁是一条心照不宣的红线，一道不好逾越的坎，后面的路抬眼可知。

然而不管怎么说，他好歹混迹过有名的单位，学历资历也摆在那里，总会有点市场吧？那可不一定。多少大企业出来的人找不到工作，不敢告诉家人失业的真相，每天假装上班，去星巴克苦度时光。

假如放低姿态，去一般的小企业，人家会觉得你大单位出来的，我这小庙安放不下你这大神。当然，他自己也会顾虑"庙小妖风大，池浅王八多"。而大企业，进不进得去另说。就算进得去，随着年龄增长而身体每况愈下，很容易遭人嫌弃。

承受不了高强度工作的压力，别人看你的眼光就好比看一台用了多年的过时的旧机器，是件即将被淘汰的产品。被鄙视思想潮流跟不上，创新意识跟不上，腿脚也跟不上。能不拖别人后腿已算不错，要是上班期间不小心闹出个三长两短，还得算工伤，连累公司赔偿。假如两个人一同面试，人家肯定优先考虑年轻的，起码有培养空间。

工作多年，鑫龙已不像刚毕业的年轻人那么血气方刚，对什么事物都充满新奇的求知欲。世态炎凉，早看透了职场的种种。老板画的"大饼"看似好吃，但他不相信、不期待，做一天和尚撞一天钟。

在企业用工年轻化的今天，退一万步来说，他过五关斩六将被录用了，发展空间也有限。现在哪个行业都是年轻人的天下。比他年轻十岁以上的人是主力军，其间掺杂几个更年轻、刚毕业的。

　　若新上司比他年轻——年轻个十几岁不是没有可能。工作做得稍欠周全便被指着鼻子骂，情何以堪？

　　他自知做事拖泥带水、慢条斯理，比年轻人慢三拍。万一拖慢团队的进度，时间一长，任谁也不免有怨言，不肯收留。

　　可以想象，年龄的差距摆在他与他们之间，像难以逾越的鸿沟。他们不大跟他说话，有意无意地疏远着。多聊两句便把彼此的代沟暴露无遗，想在公司找个聊得来的人都不容易。本来同事成为朋友的概率就低，有代沟的更是难上加难。

　　周围即使有同龄人，但也少之又少，甚至可能没有。他像上一辈的人夹杂在他们当中，显得格格不入。一个人独来独往地上班下班，一个人出去吃饭或者点外卖，连个一起吃饭的饭友也没有。仿佛成了前朝的遗老，新时代的局外人，人海里的孤独者。

　　去做房地产销售？保险经纪人？这些门槛不高，是很多没有后路的人的"后路"。但做了就能闯出一条路来吗？一切都难说。

　　再说，做销售、卖保险也得靠人脉、靠资源，得低声下气，仅仅靠一身蛮力，妄想横冲直撞能杀出一条血路简直不可能。

他做不到低三下四地去求别人，对这些行业他也不熟悉。反正，哪条路都不通。

有没有旁的出路？开出租车顺风车？送快递？送外卖？骑着一台电动单车穿街过巷，风里来雨里去？这是很多失业人士最后的出路，可并非所有人都能走得通。

像送快递，经常要搬搬抬抬，属于体力活，碰着没有电梯的楼，需要肩扛手提的，没有一个强壮的身体真干不了。因此只有"快递小哥""外卖小哥"，没有"快递大爷""外卖大爷"。"物以稀为贵"在这个行业并不适用。要是想干就有的干，就没有失业者了。

鑫龙常常感叹表弟身在福中不知福，捧着体制内的"铁饭碗"不满足，天天吐槽开不完的会，学不完的文件。表弟厌烦至极，很想离职，外面的人却挤到头破血流也想冲进去。

这是职场人典型的"围城"心理。表弟羡慕鑫龙自由自在，没有那么多文山会海。鑫龙羡慕他工作稳定、福利好，不用在外面遭受生活毒打。

鑫龙思前想后的时候，传来了程咏离职的消息。

没多久，又传来了程咏跳槽到廖琪芸死对头公司的消息。

程咏为了讨好新东家，将三创公司的商业机密全都奉上。

廖琪芸勃然大怒，气得整个人瘦了一圈，连减肥药都省了。

程咏离职时跟廖琪芸闹得并不愉快。

当然，一个巴掌拍不响。肯定不会全是其中一个人的错，估摸着双方都有不对的地方。

此前程咏升为总裁办主任，的确干劲十足了一段时间。他想干出点成绩来，然而没有达到预期的效果。这非他所愿，更非他一个人能够左右。

后面得不到重用，没有按照说好的承诺加薪，他感觉上当受骗，恼羞成怒。临走前结算提成，又被狠狠地扣了一笔，岂能不怀恨在心？

他跳槽早有预谋，只是廖琪芸后知后觉，没能及时发现他的异心。

一跳槽出去，程咏便报复老东家，将三创公司的底细透露了个底朝天。

面对如此叛徒，廖琪芸岂有不恨之理？她气得直跳起来，骂他翻脸不认人，出卖旧主，恐吓要起诉其泄露商业机密。

人世间的聚散原本最平常不过，然而好聚好散谈何容易？

电视剧里最坏的反派，坏得超乎人的想象，坏得直叫人不相信世界上怎么会有这么坏的人。其实，真实生活只会比电视剧更夸张。

为了高薪和讨新东家的欢心，程咏号称手头资源丰富，有待挖掘。

中学时代的政治课，他素来学得不错，当然深知"人才是生产力发展的第一要素"。

因此，为新东家拉拢人才是他跳槽后的首要任务。

刚到新公司，程咏人生地不熟，未站稳脚跟，亟须招兵买马建立自己的势力阵营，最稳妥的人当然是"旧相识"了。他将目光投向三创公司知根知底的老同事，廖琪芸的得力助手俊鸿自然是他的首选目标。

俊鸿是三创公司的技术骨干，廖琪芸的喜怒无常导致他常常很郁闷。他的能力程咏十分了解，也清楚他现时对工作和老板已有不满。

借着请教工作的由头，程咏三天两头打电话给俊鸿"联络感情"。问长问短，三番五次说要请吃饭叙旧，比当初在同一家公司共事时还要热情亲切。

程咏"挖墙脚"，一是讨好新老板，二是顺水推舟卖人情，可谓一石二鸟。假使俊鸿真的投奔过去，待遇又比原来高，自然会对他心存感激。起码他会这样认为。

　　而他们在新公司是"故人"，自然在同一个阵营，程咏等于多了个帮手。他一个人在那边，等资源交换到差不多，以他的品性未必能有朋友。若俊鸿过去跟他并肩作战，处境要好些。

　　无事献殷勤，非奸即盗。

　　俊鸿当然明白天下没有免费的午餐，知道程咏必有所图：游说他背叛廖琪芸，拉拢他过去。有什么不能在电话里讲清楚，非要请吃饭才能说？说得小气一点，请人吃饭又不是不用钱。

　　廖琪芸恼恨程咏的叛徒行为，扬言要在业内封杀程咏。双方早已闹得势同水火，互相拉黑微信。俊鸿若是跟着过去了，廖琪芸损失一员大将，无异于旧仇未了，又添新恨。

　　挖老东家的"墙脚"，煽动人才流失，也出于报复心理。

　　俊鸿倒不在意别人怎么看，只是不想被当棋子利用，成为别人报复的工具。况且，他不屑于与程咏这种人为伍。

　　没料到程咏的耐性和毅力那么好，软泡硬磨地纠缠个不休。他一心想为新东家把资源带过来了，才不管拿谁做垫脚石。

　　程咏说了一大堆三创公司和廖琪芸的坏话，大为俊鸿打抱不平："良禽择佳木而栖，贤臣择明主而侍。以你这样的能力，留在三创公司简直就是屈才，明珠暗投，不会有出头之日。"

俊鸿没有表现出明显的心动。万一过去后不合适，程咏没有什么损失，但自己最后会落个跟他一同背叛旧主的罪名。

尽管后来俊鸿离职了，却并没有去程咏的公司。

鑫龙没有找到合适的下家，继续留在三创公司。

傍晚的天空布满了透光高积云，白且薄，一朵朵棉花似的层层叠叠，与晚霞交相辉映，美不胜收。

鑫龙他们老家称这种云为"鱼鳞云"，通常往一个方向整齐地呈片状排列，中间有缝隙，边缘较为明亮，明暗交替如鱼鳞。

难得一见的天象吸引了不少路人驻足观赏，拿出手机拍照。这种云意味着天气不稳定，可能又要下雨了。

果然，第二天台风在粤西登陆，叫嚣着，一路摧枯拉朽地杀将过来，势不可挡。临下班时，天空乌云密布，整个城市陷于暴风雨前夕的黑暗。

风呼啦呼啦地吹着，刮得人行道两旁的树木一会儿朝左，一会儿朝右，一片凌乱。路上人迹稀少，树叶被风卷到半空，又掉下来，绿化带的灌木被折腾得东倒西歪，元气大伤。

不多会儿，暴雨从天而降，哗啦啦地下得翻山搅海。风夹杂着雨嚣张地呼啸着，像在嘲笑世人的胆小、怯懦、无能为力。

雨不怀好意地摇撼着玻璃窗，像一只大白巨兽要闯进来，已经把脸凑到人的跟前，近在咫尺。隔着一层透明的玻璃，鑫龙能感受到它咻咻的鼻息，冒着热气的舌头要舔过来。

他从座位上起身望出去，外面天乌地黑，高楼大厦全都笼罩在雨幕之中。然而，被几十年间无数的风雨支持着，他什么也不怕，屹然站在窗前看暴雨如注、电闪雷鸣。

新闻节目报道，由于连日暴雨，广州全市中小学、幼儿园停课……有几个孩子趁着停课，瞒着家长相约去广州塔看风景，走了几十公里后，才发现钱不够乘地铁。

他们在离家三十公里外的地铁站被拦截，由乘务员通知家长领走。

大家都为他们差一点就能实现梦想感到惋惜。

半个小时后，雨停了，天色全黑。晚风如同一只温柔的纤手，轻轻抚摸人的脸庞。天边新月如钩，星星一颗、两颗、三颗……调皮地冒出来。但鑫龙心里没有一点风清月明的惬意。

　　到了半夜，雨又下起来，像山呼海啸持续不断。风声雨声闯入人的梦里，睡梦里仍能听到它们的号叫，像交响乐骤停之后还有点什么绕梁，不肯走远，在潜意识里回荡。

　　天亮了，风停雨住，天空现出惨白的日影，似乎预示着风雨还将陆续引来。果然，到了下午又风雨大作，仿佛大地震后面的余震，反反复复。

　　台风过境后，世界像被洗劫一空般突然安静下来。

十二

　　离开三创公司之后，斯辰搬离了城中村。在偌大的城市，他过起了闹市隐居的生活。

　　黑色的铁栅栏里面是公园，一大片枯黄的草坪，边上的树下有个男青年横抱着吉他在唱歌。波浪型的长发飘飘，松垮垮的汉服飘飘，样子万分陶醉。不知道是纯粹的自娱自乐还是在做直播。

　　旁边装束差不多的同伴举着手机帮他拍照、摄像，其他围观者有小孩，有妇人，有拉着小孩的老人。表演者完全沉浸在自己的歌声里，周围的人仿佛成了透明的空气。

　　一曲唱罢，几乎不作停顿，又来一首。亏得他中气十足，每一首都唱得声嘶力竭，是二十世纪九十年代风行一时的摇滚音乐，香港粤语歌。

　　歌声、吉他声向四周扩散，穿透围观的人群，穿过四周稀疏的树木传开去。然而在空旷的草地上，声音再洪亮也很快被削弱，变得轻微，来不及传到外面便被公园外围的车声所淹没。

傍晚，太阳徐徐落山。马路两边的紫荆树大片大片的叶子落下来，簌簌的声音像来自天堂。斯辰踩着落花残叶，顺着路朝前望，长方形的公园，人行道又直又长，要走上好远一段路才拐弯。

近旁的公路，一辆辆车呼啸而过。前面的地下人行隧道也常有人自弹自唱，脚下放着纸皮箱，竖着牌子，上面有收款的二维码。目的性很明显，不是无私奉献的免费演出，而是提醒过往观众打赏。

这些街头艺术家，有的是业余爱好者，真心喜欢音乐和表演，又没办法到专业舞台去展示自己，只好在更广大的露天舞台表演，不过乐在其中。有的是落魄但仍奋发向上、往艺术这条路走的青年，同样没资格到富丽堂皇的剧院和体育馆登台演出，没有赞助商，没有出场费，没有门票收入维持生计，便在路边卖艺赚点零碎的打赏。

像古往今来怀才不遇的艺术家，所有郁郁不得志的青年，他们一脸的壮志未酬但仍不想偏离方向。

作为半职业或职业卖唱者，通常还是尽心尽力地倾情演

绎的，打扮也光鲜亮丽，一点儿不邋遢。不同于一些专门靠
卖唱为生的乞讨者，衣衫褴褛，脏兮兮地匍匐在地，一边唱
一边可怜巴巴地晃动着手中的不锈钢盆子，唱得死气沉沉，
凄凄惨惨戚戚——引人同情，博取施舍。他们穿着另类的服
装，留着新潮的发型，唱着现代的歌曲……以不羁的表情、
时而怪诞的动作，吸引路人的目光。

　　斯辰有时会碰到外地的旅行者，有黄皮肤黑头发但一
看就知道不是本地人的中国人，或其他亚洲国家的，也有金
发蓝眼的欧美人。这些人自视为旅行家，以尽可能环保的方
式漂洋过海、跋山涉水，满世界跑。途经贵地，身上盘缠花
完，不得已卖艺赚点旅费。

　　这没有什么不好。世界那么大，应该到处看看。古代的
游侠和诗人就很懂得享受云游的快乐，仗剑走天涯、四海
为家。

　　可是很少有人会对这类"穷游者"慷慨解囊。中国人的
同情心大多建立在对方凄惨的困境之上。不给他们贴上游手
好闲、无业游民的标签，鄙视他们不事生产、贪图玩乐就已
经不错了。普通老百姓会认为，能到处旅游的人，要么有钱
又有闲，要么吃饱没事干、不务正业，不值得同情。用钱支
持陌生人潇洒地周游世界，傻子才会干的事。

日落月出，淡淡的月光洒在斯辰回家的路上。元宵节，一股冷空气气势汹汹杀到，乍暖还寒，最难将息。

他缩着脖子，望着那轮又大又亮的满月悬在空中，孤零零的。几颗星星像受了惊吓般地躲到离月亮老远的地方，孤单单的寒光闪烁。月亮没有星星的簇拥环抱，寒夜里它会不会孤独？

辽阔的天宇深如大海，墨蓝的颜色填充得很满，看不出任何裂痕。月光一路照映着斯辰，一步一步的足影，不深也不浅。如果温柔的月亮代表幸福，那它洒下来的光芒一定会温暖他生命的寒冬。

想到这儿，他不由得心存感激，简直想伸手去焐热那轮孤独的冷月。

喧嚣的街道慢慢安静下来，闪烁的彩灯渐渐隐没于城市的深处。冬夜在寒风中沉寂，他在寒风中呵气成云。可是他无法腾云驾雾，飞到天外去。

天空纯净得像一只没有边际的巨大的托盘，幽蓝色的盘中央盛着那轮如镜的月。星星们都藏起来了，冒出来的也闪闪躲躲地散布在不同角落。

少有的几颗挨得很近，像粘在一起，在静静的夜，仿佛能听到它们因为拥挤而发出碰撞的轻响。又仿佛，它们在交头接耳，低低细语。

　　似曾相识的夜晚，他不由得回想过去。原来所有的记忆只是暂时隐藏，并不会消失。

　　某些人某些事，早已建立起一种唯一对应的联系。偶尔触及，旧时的种种依然清晰如昨日。过去的影像像琥珀，凝固在某一段岁月里，埋藏在记忆深处。一有点什么风吹草动，就像沉渣泛起。譬如它们会突然被一首老歌悠悠唤醒，随着回旋的歌声，或飘或沉，那么熟悉地浮现在眼前。

　　那时候，斯辰在跟一个老师学画画。

　　有一次，老师急着出门，叫他帮忙收拾一下画室。老师中途不放心又折回来。一看，很担心他会把她家的房子拆了。赶紧叫斯辰打住，不敢劳烦他，然后打电话叫了两个女学生过来帮忙。

　　于是斯辰变成了监工，坐在太师椅上盯着两个女生搬搬抬抬，忙进忙出。叫她们顺便帮他烧一壶水，因为他渴了，要泡茶。当然，泡茶他还是会的。喝茶他也是会的。

　　斯辰后来跟其中一个女生恋爱了。她比他小两岁。

　　他等她读完本科，然后又等她读完研究生。读完研究生之后，她又叫他再等她三年，等她出国读完博士就回来结婚。

他统共等了她八年，终究没能等到她回来。她留在国外，归期未有期。

分手那天是七月初七，中国情人节。月亮不像今晚这样圆满，可一样是个有月亮的晚上。

七夕，天上牛郎织女相会的日子。金风玉露一相逢，便胜却人间无数。

大街上随处可见情侣手挽着手，逛街、看电影、吃烛光晚餐。没有人会留意他这个失恋的人。

真是讽刺，七夕失恋。

他不想刻意疗伤，想一切如常。心里还存着希望，希望她会回来。但他知道，她不会回来了。任天上的月亮再圆一千回、一万回，她也不会回来了。他们回不去了。

她是发邮件过来跟他说分手的，连质问的机会都不给他。他打她手机，打不通。

显然蓄谋已久，又不露痕迹，不容质问，懒得解释。

不是没有人提醒过他。毫无征兆地被甩了，他只觉得惘惘然，不知道如何表达情绪。

他像听到一个死了很久的人的消息。

或许她离开太久，他的失落也被淡化了，仿佛这个人早已经死了。

　　要留的不会走，要走的留不住。时间长了，好多东西都变得没有意义。问也没有必要。

　　他小心翼翼地把心里的伤掩藏起来，像往日一样去了球场。若无其事，仿佛没有什么能打乱他的生活节奏。

　　跟他打球的朋友没有女朋友，不用赶着去赴约。他们知道斯辰的女朋友漂洋过海到澳洲留学，他也有时间。因而大家前一天就已约好照常打球。球场旁边打牌的阿姨一如往日，嘻嘻哈哈、没心没肺。

　　斯辰佯装没有失恋，过了许久，才发现心在绞痛。

　　天要黑了，路灯还没亮，月亮倒悠悠地出来了。

　　淡淡的上弦月，映在淡青色的天，模模糊糊，弯弯的，像一把银色的小镰刀。绕着它的是浅灰色的云，仿佛用毛笔轻轻画上去的，淡至若无。

　　一天快完了，往日这个时候他总有点怅惘，好像没干什么有意义的事。打球算有意义的事吗？锻炼身体，当然算了。可是这并不是他想要的意义。

　　他麻木地挥着球拍，汗水在脸上肆意纵横，泪水在心里肆意纵横。他是一个后知后觉的人。

　　人生仿佛走在一个迷宫里，重门叠户、兜兜转转，九曲十八弯的，似乎没有尽头。

　　然而他知道，什么都有结束的时候。活着的意义到底是什么？难道就为了这样锻炼身体，保住健康的体魄去上班？吃完了睡，睡醒了吃，忙忙碌碌就为了睡和吃。

　　恋人的身和心都移民澳洲了，他的身无法跟着去，心也没有跟着去，而是死了、空了。

　　他的身体仿佛不属于他自己，他是死后回魂。不是魂归故里，他不曾随她出国，何来魂归一说？

　　他一直在故里。失恋的苦原来真的那么苦，比黄连还苦。像地动山摇，日夜不停地伴随着自己，让人头昏脑涨，魂飞九天。

　　他记得沈从文说过："我行过许多地方的桥，看过许多次数的云，喝过许多种类的酒，却只爱过一个正当最好年龄的人。"

　　那样的爱情，一辈子只有一次吧？没有了，心也就荒芜了，从今而后谢风流。

　　在物欲横流的世界，时代不同了，还抱着这样傻的爱情观，似乎格格不入得可笑。

　　深夜，他躺在床上想了很多，想着想着，被失眠盯上了。

　　失眠像一只咬人的跳蚤，在他身上钻来钻去，搅得他翻来覆去睡不着，连安眠药也救不了。偏偏不知道隔壁谁家的猫发情，那么不知趣，整夜地叫。一声一声，听得人发怒。他真想把它抓住，扔到楼下去。

从此以后，斯辰仿佛成了"禁欲系"。不恋爱，不结婚，不想生小孩。一个人的日子，寂寞又孤独，快乐又自由。

听说有一种鸟叫雨燕，可以不停地飞翔，过冬迁徙连续十个月无须着陆。它们的食物是空中的昆虫雨露，连睡觉和交配也在飞翔中进行。斯辰想，或许他前世就是这样一只雨燕。

他每天到楼下跑步，绕着小区花园，一圈又一圈，直到跑不动为止。

周末到公园打球，夏天去游泳，冬天去健身房锻炼，长一点儿的假期就去旅游。有三五知己，聊得来聊不来都随缘。他不用为了孩子的教育而担忧，无拘无束，自由自在，突然想到什么事，想做就做，说走就走。

一切"都挺好"，像那部电视剧的名字。

朋友恋爱了，结婚了，有了自己的小家庭。他们慢慢地疏于联系，最终，一年到头也聊不了几句。他们活在他的微信通信录里，不聊天，不联系。

偶尔看到他们在社交媒体发的动态，点一下赞或者评论两句，表示看到了，在关注他们，但不主动联系他们。他像鱼一样冒个泡，只为证明还记得这个人，证明没有将他们删掉。也证明，他还活着。

他不去主动打扰别人的生活，但总会有新的朋友走进他的生活。缘来缘往，他一切随缘。

儿时的玩伴、小学的同学、中学的同学、大学的同学，曾经要好的朋友、同事，像随风飘走的蒲公英的种子，撑着他们各自的小伞，散落在天南地北。

有的人联系少了，可感情还在。若去他们的城市出差，也会约出来见面。短暂地相聚、聊天，吃一顿饭，喝几杯酒。往事如烟，促膝详谈，把酒话当年。

心情不好的时候，他会清理通信录，毫不手软。太久没联系的人，名字记不得的人，样子想不起的人，都彻底删除。

他知道，这辈子，他们都不会再联系了。很大概率。

有朋友曾问斯辰："如果有时光机，你最想穿越到哪里？"

斯辰低头沉默了一会儿说："想到一个不切实际的童话故事里去，像小飞侠彼得·潘的梦幻岛，或类似桃花源那样的地方。"

有时候，他觉得生活就像一个斗兽场，到处面临对手，一不小心，就会被撕咬得遍体鳞伤，甚至死于非命。

可此时此刻，他仍然活着，安然地活着。

不管命运如何，既然上天安排他来到这个世界，他就要好好地活着。

有一段时间，斯辰沉浸于新书的写作，没日没夜。

他父亲的生命已进入倒计时。家里人怕他担心，没有告诉他。

一切瞒得滴水不漏。等他得知真相，书差不多也写好了。他淌了一夜的泪。

那痛苦像地震，像海啸，像火山喷发，轰隆隆的天崩地裂。

漫漫长夜，安静的病房，斯辰非要陪护不可。已经许多天了，他想，多陪一天是一天。

家人担心他会累垮，要轮流替换。他不肯，像一头执拗的牛，谁也劝不动。

在医院，斯辰认识了一个隔壁病床的小伙了。无聊的时候，斯辰陪他玩游戏。

聊得多，游戏玩得多，他们熟络起来了。大家都有相见恨晚的感觉。

斯辰实在没想到，在愁云惨雾笼罩的病房，能遇到一个这样聊得来的朋友。

那小伙子叫小武，才二十七岁，非常帅气而且特别幽默。入院第一天检查结果出来，是癌症晚期。他妈妈当时就昏过去了。

一开始家属和医生商量想瞒着小武，医生就跟他把病情说得没那么严重。但是这个病的治疗需要小武配合，他的身体也会一天不如一天，根本瞒不住。

而且小武已经二十七岁了，不是小孩子。看着家人面色凝重，看着抽不完的血、做不完的检查，没过两天，他就明白了。

其实小武爸妈不知道，斯辰无意间看到小武登录了医院的就诊系统，在用手机查看自己的检查结果。他一定是自己查到了。

小武笑着对他妈妈说，自己一定配合治疗，出院指日可待，让妈妈放心。

晚上，他妈妈趴在他床边睡着了，攥着他的手。

小武哭了。牙齿狠狠地咬着下嘴唇，身体都在颤抖，眼泪像断了线的珍珠往下流。他用另一只手快速地擦掉眼泪，用手堵住鼻子，闭上眼睛，大口地往外呼气。

他到底有多绝望和压抑，斯辰无法感同身受。

第二天，小武趁着妈妈出去买饭，求斯辰帮忙，扶着他去医生办公室。

　　找到了主治医生，小武求医生告诉他实情。他很坚强，只是说自己必须明明白白地治疗，他是病人，有知情权。

　　医生不停地宽慰他。他最后问："大夫，不治疗的话，还有多久可过？"他说自己查询了，也就三四个月。"是不是？"他平静地盯着医生问。

　　斯辰想，那一刻，小武一定希望得到否定的答案。他的眼睛闪着期待的光，在等待医生肯定地告诉他，他还有无数个月可以陪爸爸妈妈。一直到他们老去，到他们看到他结婚生子，到他自己老去，到他儿孙满堂，到他老得不能动了再走。

　　医生沉默，让他不要瞎想。他们在会诊，一定能拿出最好的方案救治他。

　　小武笑了，笑得阳光灿烂，还有些耍赖皮地说："哎，大夫，你当医生多久了？可不要拿这种事儿开玩笑，我当真了。你把我治好，你就是活神仙。"

　　"溜了溜了，一会儿我妈看不到我，该着急了。"他示意斯辰扶着他离开，还挥挥手跟医生说再见。

　　出了办公室，小武让斯辰别跟他家人说。他对着斯辰淡淡一笑，说："谢谢你了。"

　　回到病房之后，小武说有点累了，要歇会儿。他饭也没吃，就睡着了。

第二天，小武跟大夫和家人说自己有一件特别重要的事，得回家一趟。

不管大家说什么，他就是要出院。否则所有检查都不去做，药不吃，饭也不吃。他保证，只要让他回去一趟，三天之后，他肯定回来住院治疗。

办出院手续那天早上，斯辰握住小武的手说，等你回来，咱们再玩游戏。小武点点头，没有回答，继续哼他的歌："梦沿路生花，像火花随风幻化，幻如漫天星辰，愿可归我家……"走到门口回头望了斯辰一眼，灿然一笑。

可是，两天、三天、四天、五天过去了，小武还没回来。

医生查房的时候，同房的大爷问了一句："那个小伙子怎么还不回来住院？"

医生迟疑了一下，说："大爷今天气色不错哦！"直接岔开了话题。

斯辰加有小武的微信，因为当时说好等他回来再一起玩游戏。

自小武出院后，斯辰偶有联系他，问他身体情况，可连续发了三四天，都没回复。

　　到了第六天，微信弹出一条小武的信息："小武不在了，谢谢关心。有别的事吗？"

　　斯辰整个人愣在原地，不敢相信，喃喃自语道："怎么会？"打微信语音过去，是小武爸爸接的，哽咽着告诉斯辰："回来第三天早上，他妈给他端来饭，发现他身体已经凉了。"

　　伴随着哭声，斯辰稳定下自己的情绪，说："之前打游戏，借了小武五百块钱，给他发信息是要还给他，那就麻烦叔叔替他收一下吧。"

　　小武爸爸说不知道这个事，斯辰赶紧解释："我俩那会儿有空就一起打游戏。叔叔，求你了！我要是不还给他，心里过不去这个坎，以后晚上睡觉都睡不好了。"

　　小武爸爸收了钱。斯辰一个人走到住院部走廊尽头的窗口，泪如雨下。

　　脑海里全是和小武打游戏的画面，斯辰的心像被刀绞似的痛。连日的苦闷压抑仿佛找到了发泄口，他狠狠地哭了出来。

　　其实斯辰没找小武借过钱。他知道小武家庭情况不是很好，父母一看就是那种本本分分的农村人。听他们说话，好像家里还有一个儿子，正在读大学。

他说不出的心酸，泣不成声。

小武走这条路，是身体的疼痛，意志的消磨，也是他对家人最后的守护吧。他应该是不想掏空这个家，既然保不住自己，那就保住家人的生活。

他不是没有求生的欲望。看他的眼神，斯辰知道他那求生的欲望不是一般地强烈。他何尝不想坦然面对，可是他不想给家人添负担。

哭过后很久，斯辰还是不能平静。小武的笑脸犹在眼前，可是他已经去了另一个世界，再也不能跟自己玩游戏了。

虽然知道人生总有告别的一天，但又总以为，只要不去想、不去知、不去问，假装骗自己没事，那一天便会来得晚一些，那么大家就会多快乐一天。

后来，小武还到访过斯辰的梦，问他的小说出版了没有。

斯辰答应过他，等书出版了，要送他一本的。

在梦里，斯辰惘惘地看着他，问他在那边过得可好。可是小武的回答是那么遥远，遥远到他根本听不清。

斯辰想，要是家人早跟他说，那部小说非夭折不可。

一个蛰伏多时、默默努力的人，就像电视剧里闭关修炼的武林高手。眼看大功将成，心里不能有丝毫杂念。

在密室苦练许久，练到最高境界的紧要关头，受不得半点影响。任何干扰都可能导致走火入魔，所有努力付诸东流，功亏一篑。

斯辰是个容易受情绪影响的人，心情一糟，就什么事都干不了。不但帮不了亲人分担痛苦，还会跟着陷入痛苦的旋涡，一道沉沦。

推算时间，父亲查出病来那会儿，他刚好在构思小说的大纲。接着几个月又在写最重要的部分，正是最吃紧最关键的阶段。

灵感这东西，转瞬即逝。不能分心，一刻也不能，不然会前功尽弃。

不知道是不是该庆幸，多亏他们没有在那阵告诉他。那会儿，他自己的身体也不好。如果他们一早告诉他……

世上没有如果，没有后悔药吃，所以有人注定要抱憾终生。人生总是充满了反转反转再反转。有的人出现了，消失了，又出现，又消失，再出现……像阴魂不散，其间经历许多兜兜转转。

那天在路上走着走着，斯辰远远瞧见前面突然停住一辆宝马车。一个穿海魂衫的年轻男子从驾驶室钻出来，绕着车身查看，弯腰躬身地将所有车轮检查一遍。熟悉的海魂衫，熟悉的身形，连走路的动作都很熟悉。

隔着不远不近的距离，斯辰觉得似曾相识——可不是黄煦阳吗？跟他一起生活过半年，又毗邻而居半年的黄煦阳！不会错，海魂衫是他的标配，他的最爱！

自从不再毗邻而居，煦阳就下落不明了。斯辰也没打探。

不管他们相处融洽也好，有过嫌隙、有过龃龉也罢，都过去了。往事皆是飘散的云烟。偌大的城市，能重新遇上，怎么着也算是缘分。

斯辰没有"他乡遇故知"的兴奋，但有问候"故人别来无恙乎"的冲动。

就在斯辰准备走过去跟煦阳打招呼时，车上下来一位浓妆艳抹的时髦贵妇。

天底下竟有这么巧合的事，这女人也是斯辰认识的——廖琪芸！

他们怎会在一起？

斯辰停住脚步，定睛细瞧，确信无疑。他只能感叹世界那么小，缘分那么奇妙。

其实没有什么好奇怪的，或许煦阳现在当了廖琪芸的司机，或许不是。

不知道他们什么关系，两个都是交际面广的人，说不定朋友之间牵线搭桥呢。

像他们这样的人，不管怎么样都不足为奇，用不着大惊小怪，更无须细思，他想。

命运之神的心思弯弯绕绕，人与人之间的缘分总是千缠万绕。该相遇的人，兜兜转转还是会相遇，躲不掉，包括斯辰和煦阳，煦阳和廖琪芸。就像那首歌的名字，《世界那么大，还是遇见你》。

斯辰终究没有上前跟他们"相认"，远远看着他们重新上车，扬长而去。

……

大多数成功的企业家喜欢著书立说。

根据效仿对象，廖琪芸也想出版一本自传——如果死了才树碑立传，有什么用呢？再光荣，再有脸面，也看不到、听不到了。一万年太久，只争朝夕。她才不要死后的赞誉。

这些年来，斯辰逐渐有了点名气，老同事们也有所耳闻。

廖琪芸亲自找上门，为了精准地将自己打造成身价倍添的学术型的女企业家。

为了表达诚意，她"首顾茅庐"，又是送礼又是赔笑脸。换了从前，她绝不可能纡尊降贵找一个离职的员工。

廖琪芸希望女主人公拥有美貌与智慧，兼具坚强和勇敢等美好特质。她有弱女子温柔的一面，楚楚动人，外柔内刚,又有女强人的魅力和魄力。她爱国、爱家,热心公益、无私奉献。她是社会栋梁,人类精英,女中豪杰。

她没有像花木兰一样代父从军、征战沙场,但照样在行业里呼风唤雨、奋勇杀敌,是撑起半边天的巾帼英雄。她不同于有的女同胞只会在家洗衣、做饭和带孩子。她要向所有人讲述她的励志故事,树立一个出类拔萃的榜样。

一个光辉的形象,一个成功的女强人?斯辰很为难,摇头叹息无知者无畏。脑海频频浮现电视剧《甄嬛传》的经典画面和那句台词:"臣妾做不到啊!"

从前耳闻目睹有关廖琪芸的事,一桩桩一件件地从记忆深处浮上,仿佛全是负面新闻。

终日顾着出风头、与前夫闹得鸡飞狗跳、向客户投怀送抱、克扣员工提成、打压比她优秀的下属……目之所及、耳之所闻,鸡零狗碎,没有一件好事。

不排除有的八卦传闻是捕风捉影,或添油加醋、恶意诋毁,不一定真实可信。

但无风不起浪,怎么可能全是无凭无据?

老同事们认为廖琪芸不自量力,厚颜无耻。虽然她是他们的老板,她给他们提供工作,但不能说他们靠她养活。他们是用自己的劳动换取相对应的报酬。

　　他又如何能违心地将她塑造成美丽善良又事业有成的女子？

　　一个星期过去了，答复的时间马上就到。

　　这天午睡醒来已是黄昏，斯辰想到附近的公园跑步。

　　可是从窗里望出去，外面又下起雨来。连续几天，一到傍晚就下雨，困在家里总感觉有事未做完，整个人像一首哀怨缠绵、凄惨悲戚的词。

　　天色渐暗，细雨纷飞，实在不适宜外出。踌躇片刻，他还是撑开那把藏蓝色的长柄伞出了门，欣赏雨景去——雨天路滑无法跑步，但雨中漫步总是可以的。

　　顺着公园外围的人行道踽踽独行，左边是宽阔的车道，汽车呼啸而过；右边是公园的黑铁栅栏，围着旁逸斜出的矮灌木。黑森森的树木长得拥挤不堪，潮湿的空气混着叶子的气味一捧一捧直往外冒。它们喝饱雨水，湿气腾腾，像喝醉酒一样挨挨挤挤，在黑暗中醉醺醺懒洋洋地睡着。

　　他知道树丛里是另一个世界，藏着许多不知名的蛇虫鼠蚁。下雨天，昆虫们都不叫了，不知道躲在它们的王国干些什么。路上几乎没有人影，偶尔有人打着伞迎面走过，行色匆匆。

　　沉默的道旁树在雨中静立，脚下横七竖八地躺着浑身污脏的树叶，绿的黄的都有。枝头幸存的叶子则一动不动，仿佛生怕一动便会被风雨无情打落。叶子上的雨水一滴一滴地往下滴，小心翼翼的，不发出任何声音，不敢惊扰这静谧的世界。

走了一段路，圆球形的路灯亮起来了。黑色的灯杆约莫有三米高，下半截比大人的手臂略粗，粗细均匀，上半截由下至上逐渐变细，顶上托着足球大小的灯泡，像尽忠职守的肃穆的卫兵，静静地散发出柔和的乳白的光。

每隔十来米一盏，沿着路一盏接着一盏连成一条弯弯曲曲的线，道路拐弯它们也跟着拐弯，延绵到看不见的尽头。灯光映着霏霏雨丝，像雪落无声般富有诗意。斯辰像发现了一个别有洞天的美丽新世界。"真好！"他在心里慨叹，心情愉悦起来。

走着走着，雨势渐渐变大，天越来越黑，路灯清冷的白光变得模糊，斯辰不得不往回走。路面有浅浅的积水，镜子似的反着光。黑沉沉的夜，淡灰色的路，有些地砖松动了，一踩上去就溅出污水。他小心地绕过这些"暗格"，轻手轻脚的，小心得像一只猫。

准备要过天桥，他站定回望走过的路和远处的灯，心境无限开阔而明亮，像走到山穷水尽处突然遇见别样的美景。

他感到很满足，对一切都很满意，觉得不虚此行。

雨还在下，淅淅沥沥的不知道要下到什么时候。然而管它呢，斯辰此刻毫不在意。他到家要做的第一件事，就是发信息给廖琪芸，明确表示不会替她写自传。

写在后面的话

　　写《城·界》时，有一天是教师节。忽而想起大学的恩师，我发了一条祝福的信息给他。老师回复了一段鼓励的话，并说我到了该出成绩的年纪。

　　毕业多年，逢着教师节，良心发现就问候老师一句，然而良心没有发现的时候居多。但老师不管何时，总能说些让我醍醐灌顶的话。

　　也许我不是他最出色的学生，也许我令他有一点自豪，谢谢他一直鼓励我。

　　谨以此书献给我的朋友，特别是我的老师。写得有点惨不忍睹，权当留个纪念吧。

　　　　　　　　　　　　　　　　二〇二二年十一月三十日

后记

陈天鸣：永远身临其境又置身事外

　　十多年前，微信公众号等自媒体横空出世。新媒体发展浪潮席卷而来，传统媒体受到有史以来最严重的冲击。看报纸和杂志的人慢慢少了，当时还是传统媒体从业者的我，有了深深的危机感。

　　我的写作是从纸媒起步的，纸媒的锤炼对我后面的写作生涯产生了深远的影响，每月到来的稿费更让我安然度过了大学时期。纸媒陪伴我成长，走过最美好的青春。然而时代的浪潮汹涌而至，仿佛能将一切瞬间淹没，个人、某个行业显得那么渺小，那么无能为力。

　　写作的人多是敏感的。一边是新媒体的山呼海啸，一边是频频传出报刊休刊的消息。哀鸿遍野的纸媒，给我一种日薄西山的"末世感"。2012年，玛雅人传说的世界末日就在这一年。经过数年的练习和摸索，在这特殊的一年，我迎来写作生涯的转折点。

　　当时，我的写作已有了一定的积累和沉淀，渴望形成个人风格。我不愿再为了顺利发表作品而迎合刊物的要求。我越来越注重个性，写自己想写的，不轻易退让，宁愿不能发表，也不随便迁就。然而不肯妥协，是要付出代价的。加之新媒体冲击，纸媒江河日下，我的发表量有所下降，某些东西好像要回到原点。我计划写一部长篇小说，当提纲列好时，世界末日并没有如期而至，但我在心里暗暗宣告自己的写作起步阶段结束。

　　那部计划写的长篇小说叫《补爱的女人》。不过，人算不如天算。就在我准备大展拳脚，写部满意的代表作之时，我因故暂停写作了。2013年，《意林》杂志首届意林杯"寻找张爱玲·寻找三毛"文学大赛征稿，我想起这部未来得及写的作品，于是将提纲改一改，作为短篇小说投了过去。没想到，在全国一万多篇作品里拿了短篇组的二等奖。

　　我当时没心情慢工出细活，仅仅将长篇的框架修修改改，很多情节没有详细展开。几年后，我还是觉得惋惜，总想着抽时间重写，但一直没有。不想白白浪费素材，我便把男主人公单独拎出来另写了一个短篇《鬼才》。其时心境已经大不相同，所以写得也并不满意。

　　不能否认的是，《补爱的女人》在我的写作生涯中具有里程碑式的意义，它标志着我的写作风格开始走向成熟和稳定。也是从这篇作品起，我在题材的选择上进行了定向，技巧亦日臻成熟。

　　《寂寂深居》是在《补爱的女人》几年后写的，它与另一个短篇《茧居》组成一对"姐妹篇"，写法一脉相承。它们的共同特点是对话极少，节奏缓慢，虚构内容不多。叙事方式、细节处理和意境营造相似，但又从主人公的性别、年龄、遭遇等方面形成反差。这两篇作品均是我利用工作之余的零星时间所写，过程非常碎片化，写得断断续续、零零散散，遣词造句改了又改。主人公分别为一男一女、一少一老，他们的生活不同又类似。

　　前者讲述一位独居妇人晚年孤独、凄凉的生活。后者则是关于一个男青年终日沉沦网络游戏，深居简出的故事。故事场景主要在主人公的住处及周边，所有情节在一个个相对狭小、简单的环境里展开。他们有点像生活在一个密闭空间，故事又相对简单，所以我尽量淡化情节而着力于细节，用穿插过去来交代现在的方式讲述人物的命运。当中提及一些新闻事件，点明故事发生的时代背景。

　　《寂寂深居》是第二届深圳红棉文学奖的获奖作品，也是花城出版社爱花城网第十一期"繁花榜"的上榜作品。编辑推荐语写道："细节描写丰富，场景细腻感人，时代变化之快和老年生活之慢在作者笔下产生了强烈的对比，十分真实地还原了钟淑芳老太的生活境遇。文章对钟老太的形象描写不多，尤其在文章的前半段，对钟老太的描写较少，这使得文章显得有些空，所幸，临近结尾时，作者着重笔墨概括了钟老太的一生，钟老太对人生和命运的认识也由此得到展现，这让一个独居老人的形象立马变得饱满了起来。"

对主人公"形象描写不多"这个点评到位且让我受益。《寂寂深居》之后，我特别注意人物形象的刻画。这篇作品的原型是我的一位邻居，我观察和酝酿了很久，大部分情节为非虚构。区区五千字写了几个月，直至看到深圳红棉文学奖快截稿了，才匆匆收尾。

《寂寂深居》跟《补爱的女人》情况类似，都是计划赶不上变化，又为赶上征文比赛而仓促收尾。专门把它们拎出来说，一是它们有许多相似之处，便于比较；二则让读者引以为戒，好作品还是得耐心打磨。如果不是急功近利和意外因素，两篇作品都应该不止这个篇幅，各方面也会有更大的提升空间。

此前我参加了鲁迅文学院广州中青年作家高级研修班的

学习，有老师指出很多小说只注重故事性，而忽略了语言、细节、叙事方式等。我深以为是。的确，不少小说过于追求故事性，而在环境、细节方面的描写不足。我有的作品则相反，细节丰富而情节较薄弱，"小说味"偏淡。鲁迅文学院的陈帅老师也指出《寂寂深居》存在这个问题，认为它更像一个电影短片。这是由于我过度求真、节制虚构所致，我想将来是可以改掉这一点的。

我瞄准的写作对象大多故事性不是很强，但他们又真实存在于我们身边。富有传奇色彩的人物已有太多人写，我希望通过普通人的故事折射出一些东西。他们的经历或许说不上多么跌宕起伏、曲折离奇，但代表某个群体的生存状态。

毋庸置疑，小说要以情节推动故事发展并与读者形成互动，最终产生一种爆发力。然而写小说不应该只为了反转而反转，为了悬念而悬念。仅注重故事性而缺乏回味，那还是一篇失败的作品。真正优秀的小说应该让人回味无穷，一读再读，而不是读了一遍，知道情节后再无兴趣读第二回。小说除了情节吸引人，其耐读性还体现在细节、氛围、语言等方面。

像黄咏梅老师说的，写小说，故事不一定很离奇，也可以很平淡。我觉得，相对于本身具有传奇性的题材，把平淡的故事写得出彩更难。故事不够引人入胜，则需要在其他方面进行一定程度的弥补。例如从细节着墨，表现出静水深流的力量。此外，作品是否打动人心，意境营造很重要，精彩的环境描写能予人美的阅读享受，甚至忽略情节再三品味。

我佩服那些写起来天马行空，能把故事虚构得很好的作者。他们创作的儿童文学、科幻文学，都是我难以写得好的，我常常是对周围的世界"有限虚构"地加工组合。写作应遵循自己内心的诉求，我目前所能做的就是这一点。我认为能让人产生共鸣、共情的作品就是好作品。

小说跟电影一样，都包含情节、悬念、反转、镜头，等等。我习惯截取主人公的某个人生片段，采用电影闪回的方式，在过去与现在之间来回切换，用尽可能短的篇幅讲清楚人物的命运。小说里面镜头的切换、场景的转换参考了电影的表现手法。我喜欢用全知视角去把控整个故事，也就是小说里始终都有个人，即作者，在静静地观看着，时不时发出几句话外音。

我把自己想象成一个说书人，在写作过程中频繁地"入局"和"出局"，想办法娓娓道来，说得精彩动人。故事平淡就在文笔上多下功夫。一方面，我需要置身于故事当中；另一方面，我又随时能抽离出来。我永远是身临其境又置身事外的，偶尔议论、调侃几句。议论目的是弘扬真善美，鞭挞假恶丑，予人启迪。

有人认为讲故事夹杂议论不太好，作者应该"看破而不说破"，留给读者领悟。而我认为这关键在于尺度的把握。任何事都没有绝对的标准，只有处理得好不好的问题。钱锺书的《围城》就很多夹叙夹议，但不能否认这部作品的成功和伟大。适当的议论能启发读者，引人思考，而且听听作者的意见也很有趣。

谈到文学的分类，作家董桥说："我以为小说、诗、散文这样的分野是不公平的。散文可以很似小说，小说可以很似散文，现代诗mixed一起的了，是否一定划分得清清楚楚呢？我看未必。"

写作初始，可能连我也不太明确自己想表达什么，我只知道有这样的事、这样的人，我要把他们写出来。读者爱怎么理解就怎么理解，我没有强求他们一定要如何理解。或许是"当局者迷"的缘故，我有时比较倔强和固执，不愿为了虚构而虚构。

作品既然写出来了，肯定会被别人评论，至于说的是好是坏，作者控制不了。一千个读者有一千个哈姆雷特。有人喜欢你的作品，也有人不喜欢，这很正常。每个人喜好的风格不一样，不是某个人说不好就是真的写得不好。

　　我没有接受过非常系统和专业的写作训练，平时主要靠自学，主要是多写和阅读优秀的作品。间或了解和研究他人的评论，遇到好的东西我也会吸收。有的人很注重理论和技巧，但懂得不意味着一定能做到。做任何事情，拼到最后就是拼天赋。即使很努力，提升也是个循序渐进的过程。

　　在写作上，其实我没有什么宏大的野心，不要求自己一定要写得怎么样或得到多少人认可。将所处的时代，所熟悉的东西记录下来，我就算完成任务了。至于写得好不好，那就留给后人去评价吧。写得不好，证明我天赋不足。写得好，是缘分、幸运，让我担当了记录者和分享者的角色。

　　我觉得与其写十部平庸的作品，不如写一部传世的精品来得更有意义。在长篇小说领域，钱锺书一辈子也只写了一部《围城》。但你能说他写得不好吗？抛开学术论著的成就，他绝对算不上一个多产的作家，然而并不妨碍他的作品成为经典。

　　有的作家，写了很多却没有一篇成为经典，严格地说，又有多大意义呢？厉害的作家通常是超脱的，没有太多框框条条束缚。他们自成一格，有鲜明的个人风格和特色，不会轻易被改变。这不是说他们没有去借鉴、吸收、参考，而是

　　他们始终有一套自己的东西，共通的"文脉"。先有文学，后有文学理论。对于别人的东西，抱着学习的态度便好，取其精华而自用，不要受过度的影响。

　　我一直倡导快乐写作，也感恩写作给我带来很多快乐。假如有一天，写作不能令我快乐，或者我累了想休息，那我就不写了。

二〇二四年二月五日